指切り

立場茶屋おりき

今井絵美子

時代小説文庫

角川春樹事務所

目次

掌の月

おりきは井戸端で腰を折り、手桶《ておけ》に浸《つ》けた猪独活《ししうど》に鋏《はさみ》を入れた。

今朝、多摩《たま》の花売り三郎《さぶろう》が運んで来てくれたのは猪独活の他に、梅鉢草《うめばちそう》、白花《しろばな》杜鵑草《ほととぎす》、牡丹蔓《ぼたんづる》、蔓葦《つるよし》、太藺《ふとい》……。

八月に入り暦《こよみ》のうえでは既《すで》に秋といっても、日中は残暑の厳しい海岸沿いに比べ、多摩の山間《やまあい》は早くもとっぷりと秋色《あきいろ》に染まっているようである。

三郎は舅の喜市《しゅうときいち》から立場茶屋《たてばぢやや》おりきの女将《おかみ》は白い花を好《この》むと耳に胼胝《たこ》が出来るほど聞かされているとみえ、端境期《はざかいき》のこの期も、おりきの好みそうな草花を懸命《けんめい》に採《と》ってきてくれたのだった。

その中に、蔓葦、太藺といった葦《よし》や藺草《いぐさ》が混じっているのは、茶屋にある信楽《しがらき》の大《おお》壺《つぼ》に活《い》けると、これが他の草花を引き立たせるからである。

「百世《ももよ》、あとはおまえに委《まか》せます。さあ、これらの草花を生かすのも殺すのも、おまえ次第……」

おりきが百世を見上げ微笑《ほほえ》むと、百世は臆《おく》したように後退《あとじさ》った。

「そんな……。どうしましょう。女将さんから信楽の大壺はおまえに委せたと言われて、此《こ》の中《じゆう》、ずっとわたしが活けさせてもらっていますが、あんなので本当に構わないのでしょうか……」

「もっと自信をお持ちなさい！　おくめやおなみが感心していましたよ。さすがは元お武家、生花《いけばな》の嗜《たしな》みがあると、こうも自分たちと違うものかと……」

「嗜みなんて……。丸亀《まるがめ》にいた頃、ほんの少し手《て》解《ほど》きを受けただけですもの……。それに、江戸に出てからは浪々の身で、花を愛《め》でる心の余裕《ゆとり》がありませんでした……」

百世は辛酸《しんさん》を嘗《な》めた日々を思い出したのか、つと眉根《まゆね》を寄せた。

百世が立場茶屋おりきの茶立女《ちやたておんな》に加わって、一年と少し……。

およね亡き後、現在《いま》では茶屋ではなくてはならない存在となっている。

そのため、当初、百世を茶屋に斡旋《あつせん》した亀蔵《かめぞう》親分は毎日のように茶屋に顔を出し、百世が甘く周囲《まわり》に溶《と》け込んでいるか、足手纏《あしでまと》いになっていないかと案じていたのだが、この頃うち、旅籠《はたご》に顔を見せても滅多《めつた》に茶屋を覗《のぞ》くことがなくなっていた。

「おや、どうしました？　茶屋を覗かなくてよいのですか？」

ときたま、おりきはわざとそう言って、亀蔵をひょうらかす。

その度《たび》に、亀蔵は芥子《けし》粒《つぶ》のように小さな目を一杯に見開き、ムッとした表情をする。

「てんごうを！　用もねえのに覗くわけがねえ……。百世のことを言ってるんだろうが、あいつは元々賢《さと》い女《おな》ごだ。俺が心配《しんぺえ》するこたァねえんだからよ」

「だから、わたくしも最初《はじめ》からそう言っているではありませんか。あの女《ひと》はこれまで無駄に苦労をしてきたわけではありません……。苦難を一つ一つ乗り越《こ》えて、逞《たくま》しくなっていったのですよ」

「そういうこった……。ああ、これで俺も心《しん》から安堵《あんど》したぜ。ここだけの話で百世の前《めえ》では決して言えねえんだが、俺ャ、亭主が死んでくれてほっとしているのよ。だってそうだろう？　浩之進《こうのしん》が行方不明《ゆくえふめい》のままなら、いつまた百世の前《めえ》に現れて、無体《むたい》なことをしようとするかもしれねえ……。それで、おりきさんから見て、どうなのかよ？　百世、亭主のことはもうすっかり吹っ切れたんだろうな？」

「ええ、そのようですわ。と言っても、胸の内までは解《わか》りません。けれども、表立っては何も……」

百世の亭主藤木《ふじき》浩之進が火付盗賊改《ひつけとうぞくあらため》から追われる身となり、以前住んでいた三田《みた》一丁目の裏店《うらだな》に現れたところで成敗《せいばい》されたのが、去年の十月のこと……。

元讃岐《さぬき》丸亀藩士の浩之進には、あまりにも憐《あわ》れな終焉《しゅうえん》といってよいだろう。

上司《じょうし》への憤懣《ふんまん》から苛立《いらだ》ち紛《まぎ》れに城内の鶏《にわとり》を殺生《せっしょう》し、それが原因《もと》で藩を追われ、母親と妻女の百世と共に江戸に出たのだが、仕官の口もなく浪々の身を余儀《よぎ》なくされた末、賭場《とば》の用心棒に……。

ところが、あろうことか浩之進が寺主《てらし》に刃傷《にんじょう》を働き、博徒《ばくと》たちから追われる身になろうとは……。

そのとき、百世に救いの手を差し伸べてくれたのが、姑《しゅうとめ》と亀蔵であった。

姑は百世が浩之進の尻拭《しりぬぐ》いのために遊里に売られるのを懼《おそ》れ、去り状を書くと、藤木との縁を切ってしまったのである。

一方、亀蔵は高輪車町《たかなわくるまちょう》の八文屋《はちもんや》の近くに裏店を借り、そこに百世と姑を住まわせた。

亀蔵の住まいのすぐ近くにいれば、博徒も滅多のことでは手が出せないだろうと思ったからである。

亀蔵の思惑《おもわく》どおり、暫《しばら》くは姑と百世の倹《つま》しくも静かな暮らしが始まったかに見えた。が、姑が病《やまい》の床に就《つ》いてからは、それこそ、百世は看病の傍《かたわ》らありとあらゆる内職仕事を引き受け、夜の目も寝ずに働いたという。

その姑が亡くなったのが、去年のこと……。

亀蔵はそのときも百世に手を差し伸べたのである。

姑を支えるという気持の張りを失った百世に、新《あら》たなる責務《せきむ》や仲間を見つけてやろうと思い、立場茶屋おりきの茶立女に百世を使ってくれないか、とおりきに頼み込んできたのである。

事情を聞いたおりきは、一も二もなく承諾した。

ふっと、百世の中に嘗《かつ》ての自分を見たように思ったのである。

だが、百世が立場茶屋おりきの仲間となって四月《よつき》後、永《なが》いこと行方知れずだった浩之進がごろん坊一味に加わり、深川加賀町《ふかがわかがちょう》の塩問屋に押し込み、一家斬殺《ざんさつ》して火付盗賊改に追われているとの報がもたらされたのである。

行《ゆ》き場を失った浩之進が最後に頼るのは、女房の百世……。

そう読んだ火付盗賊改や町方は、嘗て夫婦《めおと》が共に暮らした三田一丁目の裏店は勿論《もちろん》のこと、亀蔵が世話をした車町の裏店、そして立場茶屋おりきにも張り込みをつけた。

結句、三田一丁目の裏店に現れた浩之進は、お縄《なわ》になりかけ抵抗したために、その場で斬《き》り捨てられてしまったのである。

そのことを聞いたときの百世の表情……。

おりきは現在《いま》でも忘れることが出来ない。

百世は取り乱すこともなく報告を聞いていた。

そのあまりの冷静さに、おりきも亀蔵も大番頭の達吉《たつきち》も、逆に戸惑《とまど》ったほどである。

「これですべて終わったわけだが、改めて言っておくが、おめえは藤木とも浩之進とも縁の切れた女ご……。まかり間違っても、妙な気を起こすんじゃねえぜ！」

亀蔵が念を押すように言っても、百世は黙ったままで、

「親分が言っているのは、おめえが後追いするとか、仏門に入《へえ》ると言い出すんじゃねえかってことでよ……。大丈夫《でえじょうぶ》だな？　そんな気を持っちゃいねえよな？」

と訊《たず》ねる達吉の問《と》いにも、無言のまま……。

それで、おりきは百世と二人だけで話そうと裏庭に誘《さそ》ったのである。

裏庭では、紫苑《しおん》、秋明菊《しゅうめいぎく》、段菊《だんぎく》が真っ盛りであった。

おりきは紫苑の花言葉を引き合いに出し、自《みずか》ら生命《いのち》を絶《た》ってはならないと諭《さと》した。

「死んではなりません！　苦しみながら生き、それでも尚且《なおか》つ生きる……。生きることより死ぬことのほうがどれだけ楽でしょう。百世は楽なほうを選びますか？　わたくしが言いたいのは、おまえが死んだ後、哀《かな》しむ者がいることを忘れてはならないということです。百世は今や立場茶屋おりきの家族……。百世に死なれると、何故《なぜ》あのとき救ってやれなかったのかと苦しみ、心に深い疵《きず》を負《お》ってしまうのです。わたくしがこんなことを言うのは、わたくしにもそのようなことがあったからです……」

おりきは立木《たちき》雪乃《ゆきの》と名乗っていた頃、この品川の海に身を投じようとしたところを、

先代の女将おりきに救われたことを話した。

「あのとき先代は、生きるより死ぬことのほうがどれだけ楽か、おまえは闘《たたか》わずして逃げるおつもりか、とわたくしをお叱《しか》りになりました。随分《ずいぶん》ときつい言葉のようですが、この言葉の意味はあとになって解りました。現在《いま》では生きていてよかったと思います。人は一人で生きているのではないことも悟《さと》りました。百世、おまえにはわたくしたちがついているのですよ。それにね、もう一つ聞いてもらいたいことがあります。おまえも知っていると思いますが、芸者の幾千代《いくちよ》さんも大層辛《つら》い身の有りつきをしてこられましてね」

おりきはそう言い、幾千代が品川宿《しながわしゅく》で芸者をやることになった経緯《いきさつ》を話して聞かせたのである。

百世は幾千代が自分のために冤罪《えんざい》を蒙《こうむ》り、鈴ヶ森で処刑となった半蔵《はんぞう》の後を追うより、生きて苦しむことで死者を弔《とむら》おうと心に決め、以来、月命日には海蔵寺《かいぞうじ》の投込塚《なげこみづか》に詣《まい》るばかりか、鈴ヶ森で処刑があると聞けば、縁《えん》も所縁《ゆかり》もない人のために立酒《たちざけ》（別れ酒）を振る舞ってきたのだと聞くと、やっと、目から鱗《うろこ》が落ちたような顔をした。

「女将さんがおっしゃることが解ったような気がします。人は一人で生きているのではない……。ああ、きっとそうなのですよね。義母《はは》はわたしを護《まも》ろうとして一人息子

を久離《きゅうり》され、わたしは病の義母《はは》の世話をすることに救いを求めていたのです。その義《は》
母《は》が亡くなり、わたしは一人きりになってしまったと嘆《なげ》いていましたが、そうではな
かったのですね……。わたしのことをここまで案じて下さる皆さんがいるのですもの、
逃げてはならないのです」
そう言って、百世は憑《つ》き物でも落ちたかのような顔をしたのである。
あれから十月《とつき》……。
百世の面差《おもざ》しから翳《かげ》りが消え、今や、茶屋ではおくめに次いで二番手のような存在
となっているのだった。
古くからいるおなみがそのことを不服と思わないのは、百世に一目《いちもく》置いているから
であろう。
おりきはつと過《よ》ぎったそんな想《おも》いを払うかのように明るく言った。
「さあ、思うがままに活けていらっしゃい！　わたくしもあとから参りますので
……」
と、そのとき、旅籠の玄関に通じる露地《ろじ》に吉野屋幸右衛門《よしのやこうえもん》の姿を捉《とら》えた。
「あら、吉野屋さま……。一体、今までどこに……。朝餉膳《あさげぜん》を運んで行ったおみのが、
部屋に吉野屋さまの姿がないと心配していましたが……」

おりきが傍《そば》に寄って行くと、幸右衛門は辛そうに眉根を寄せた。

「いや、済まない……。昨夜はまんじりともしなかったものだから、六ツ（午前六時）に部屋を抜け出して、浜辺を少し歩いた後、素庵《そあん》さまを訪ねてみたのでよ」

「まあ、診療所に……。それで、素庵さまはなんと？」

「……………」

幸右衛門はふうと太息《ふといき》を吐《つ》いた。

どうやら、弟勝彦《かつひこ》の容態《ようだい》があまり芳《かんば》しくないようである。

「とにかく、中にお入りになって……。朝餉がまだなのですよね？　一旦《いったん》、膳を下げさせましたが、すぐに仕度《したく》をさせますので、部屋でお寛《くつろ》ぎになっていて下さいませ」

おりきはそう言うと、幸右衛門の背を支えるようにして旅籠に戻って行った。


幸右衛門は朝粥膳《あさがゆぜん》の粥にふた口ほど口をつけただけで箸《はし》を止めた。

通草《あけび》の蔓《つる》で編《あ》んだ籠盆《かごぼん》の中には小鉢《こばち》料理が十品ほど並んでいるが、そのどれにも手をつけていないばかりか、蜆《しじみ》の味噌汁《みそしる》にも手を出そうとしない。

「もうお上がりにならないのですか？」

おりきが気遣《きづか》わしそうに窺《うかが》うと、幸右衛門は深々と息を吐き、盆に茶椀《ちゃわん》を戻した。

恐らく、不安に駆《か》られて胸が支《つか》え、ものが喉《のど》を通らないのであろう。

「では、お茶を淹《い》れましょうね」

おりきがそう言い、茶の仕度を始める。

常なら、女将自《みずか》らが給仕につくことはないのだが、おりきは浜木綿《はまゆう》の間に膳を運ぼうとするおみのを制し、幸右衛門の給仕を買って出たのだった。

「済まないね。おまえさんにそんなことをさせて……」

幸右衛門が気を兼ねたように言う。

「構いませんのよ。わたくしも勝彦さんのことが気懸《きが》かりでしたので、素庵さまがなんとおっしゃったのか聞きたいと思いましてね。さっ、お茶をどうぞ」

おりきが籠盆を下げ、幸右衛門の前に杯台《さかずきだい》を置く。

幸右衛門は湯呑《ゆのみ》の蓋《ふた》を取ると、ふっと相好《そうごう》を崩《くず》した。

「さすがは女将だ！　煎茶《せんちゃ》を淹れてくれたとはよ……」

「朝餉を召し上がった後でしたら焙《ほう》じ茶にしましたが、殆《ほとん》ど召し上がっていませんし、昨夜はお休みになれなかったようなので、煎茶のほうが気分がすっきりするのではないかと思いまして……」

「それは有難《ありがた》い」

幸右衛門は茶を美味《うま》そうに飲んだ。

「美味い！　胃の腑《ふ》に染《し》み渡るようだ……」

「宜《よろ》しければ、一服《いっぷく》お薄《うす》を点《た》てましょうか？」

「ああ、そうしてもらおうか」

おりきは次の間に下がると、水屋《みずや》の中から茶碗《ちゃわん》や棗《なつめ》、茶筅《ちゃせん》、茶匙《ちゃさじ》などを盆に載《の》せ、座敷へと戻った。

「急なことで、生憎《あいにく》、茶菓子《ちゃがし》の仕度が出来ませんが……」

おりきがそう言うと、幸右衛門は籠盆の小鉢の中から金時豆《きんときまめ》の甘煮《あまに》を取り出し、なに、これがあるので大丈夫だ、と笑って見せた。

おりきがしゃりしゃりと茶筅を搔《か》き、幸右衛門の前に茶碗を差し出す。

幸右衛門はツッツと美味そうな音を立てて茶を啜《すす》ると、おりきに目を据《す》えた。

「やっと、これで人心地《ひとごこち》がつきましたよ。実はね、昨日、勝彦を見舞ったときに素庵さまが何やら言いたげな顔をしていたのが頭にこびりついてしまい、それで昨夜は気になってまんじりともしなかったんだが、今朝、思い切って何か気になることがあるのかと訊ねたところ、案の定、勝彦はよく保《も》って一廻《ひとまわ》り（一週間）ほどとか……。下《へ》手《た》をすれば、十五夜《じゅうごや》まで保たないということらしい」

まあ……、とおりきが絶句する。

勝彦が深川加賀町《ふかがわかがちょう》から南本宿《みなみほんじゅく》の内藤《ないとう》素庵の許《もと》に運ばれて来たのが、一廻りほど前のこと……。

素庵は勝彦の診察を終えると、肝《かん》の臓《ぞう》が石のように固くなっているので、全身の衰弱から見て、既に為《な》す術《すべ》なしと言った。

そうして、勝彦が素庵の診療所に移されて、今日で七日……。

まさか、そこまで別れの秋《とき》が迫《せま》っていたとは……。

勝彦は深川で三十年ぶりに再会した兄幸右衛門を前にして、病臥《びょうが》したままはらはらと大粒の涙を零《こぼ》したという。

勝彦につき添《そ》っていた、すたすた坊主《ぼうず》の形《なり》をした男が代わりに答えた。

「勝《かつ》のあにィは京の吉野屋から遣《つか》いが来て以来、この調子でやしてね……。あっしが、良かったじゃねえか、京の兄貴があにィのことを捜《さが》してるってさ！　これで、あにィも肉親に看取《みと》られることが出来るんだからよって言ってやると、またまた涙を流すって按配《あんべえ》でよ。けど、あっしにゃ解ってる……。あにィは嬉《うれ》しいんでやすぜ。だってよ、これまであにィは口癖《くちぐせ》のように言ってたんだ……。現在《いま》でこそ、こんな零落《おちぶ》れた形をして道楽寺《どうらくじ》和尚《おしよう》を演じているが、由緒《ゆいしよ》をただせば、俺ャ、京の染物問屋の次男坊……、それなのに、不徳《ふとく》の致《いた》すところにより久離されちまったが、何もかもがてめえで蒔《ま》いた種……、兄貴にゃ済まねえことをしちまった、とね……。だから、俺ャ、言ってやったんでやすよ。そんなに後悔してるのなら、現在《いま》からでも遅くはねえ、頭を下げて京に戻っちゃどうだえって……。そしたら、あにィは、今さらそんなことは出来ねえ、したところで、到底《とうてい》許しちゃもらえねえだろう、と寂《さみ》しそうに呟《つぶや》きやしてね……。けど、どうでェ！　こうして、ちゃんと京から兄さんが迎えに来てくれたんだ。良かったじゃねえか、なっ、勝あにィよ……」

　どうやら、すたすた坊主の形をしたその男は、願人《がんにん》仲間のようだった。

江戸には実に大道芸人《だいどうげいにん》が多く、籠抜《かごぬ》け、豆蔵《まめぞう》、曲馬《きよくば》、太神楽《だいかぐら》といった実際に芸を披《ひ》露《ろう》してみせる芸人もいれば、わいわい大王、さんげさんげ、庄助《しようすけ》しょ、道楽寺和尚の阿房陀羅経《あほだらきよう》 読みなどは、願人坊主、つまり、物貰《ものもら》いの類《たぐい》に入る。

　その中でも、すたすた坊主というのは、素肌《すはだ》に注連縄《しめなわ》を腰紐《こしひも》のように巻きつけ、片手に扇《おうぎ》、もう片手に幣《ぬさ》を持ち、すたすたやァ、すたすたすたすた坊主の来るときは、世の中よいと申します、とこまかせでよいとこなり、お見世《みせ》も繁盛《はんじよう》でよいとこなり、旦那もおまめでよいとこなり、と、よいとこ尽《づ》くしを唱《とな》えて舞《ま》いながら家々を廻《まわ》り、銭を乞《こ》うた。

　これでは芸ともいえないが、その点では道楽寺和尚も同じで、形だけは僧衣《そうい》を纏《まと》っているが、手にした木魚《もくぎょ》を叩《たた》きながら各戸を廻り、ジャカボコ、ジャカボコと駄洒落《だじゃれ》や時世への皮肉を交《まじ》えた奇妙きてれつな文句を唱え、賽銭《さいせん》を募《つの》る。

　謂《い》わば、道楽の限りを尽くし身代《しんだい》を食いつぶした者が、他人《ひと》のお情《なさ》けに縋《すが》って生きていく術《すべ》といってもよいだろう。

「あっしは勝あにィとは腐《くさ》れ縁《えん》でやしてね。あにィ同様、天涯孤独《てんがいこどく》となったあっしにすたすた坊主をやっちゃどうだと言ってくれたのが、このあにィでやして……。だから、あにィが病に倒れ、他の仲間が見放して去って行った後も、あっしはどうしても放り出すことが出来なかった……。けど、こうして、わざわざ京から兄さんが迎えに来てくれたんだ。へっ、あっしは安心《しん》してあにィをお返《けえ》しいたしやす……」

　すたすた坊主の男は眉《まゆ》を開き、心から安堵したような顔をしたという。

　幸右衛門はこれまでの謝礼として男に三両を包み、深々と頭を下げた。

　ところが、すたすた坊主の男が去り、幸右衛門と二人きりになっても、勝彦は口を開こうとしなかったという。

「勝彦、こんなになる前に、何故、あたしに知らせてこなかった。まっ、知らせづらかったおまえの気持もよく解る……。二十年前のことだが、あたしはおまえが訪ねて来たと知りながら居留守《いるす》を使い、門前払《もんぜんばら》いにしてしまった……。済まなかったね……。あのときは、おまえがお袋《ふくろ》を死に追いやったと思い、どうしても、おまえのことが許せなくてね。今思えば、あれは成り行きで起きたこと……。おまえが自棄無茶《やけむちゃ》になり、親父《おやじ》に盾突《たてつ》きたくなった気持は解っても、あのときは、それが原因《もと》でお袋を失ったことがただただ口惜《くちお》しくてね……。済まない。おまえの辛い気持を微塵芥子《みじんけし》ほども思い遣《や》ってやれなかった……」

幸右衛門は勝彦に向かって、切々《せつせつ》と許しを請《こ》うた。

勝彦の目から再びはらはらと涙が零れた。

「勝彦、おまえ……」

幸右衛門は蒲団《ふとん》の中にすっと手を差し込み、勝彦の手を握《にぎ》った。

勝彦は目を閉じ、かすかに頷《うなず》いたという。

痩《や》せこけた頬《ほお》に、黒ずんだ艶《つや》のない肌……。

横たわった身体《からだ》には厚みがなく、まるで枯《か》れ枝が転がっているように見えた。

勝彦は幸右衛門より十歳年下なので、五十路《いそじ》を過ぎたばかり……。

それが、七十路《ななそじ》を超《こ》えた爺《じい》さまにしか見えないとは……。

幸右衛門の胸に熱いものが込み上げてきた。

骨張《ほねば》り、ごつごつとした指の感触……。

ああ、自分は血を分けた弟がこんなになるまで、知らぬ半兵衛《はんべえ》を決め込んできたのだ……。

と、そのとき、蒲団の中で、勝彦が手を握り返してきた。

と言っても、どうかすると気づかないほどの弱々しい力であったが、幸右衛門には確かに勝彦の想いが伝わってきた。

ごめんよ、兄さん……。

恐らく、勝彦はそう言いたかったのであろう。

幸右衛門はその手を握り返し、うんうんと頷いた。

言葉は要《い》らなかった。

その瞬間、互いに永年《ながねん》の宿怨《しゆくえん》が消え去っていったのである。

勝彦は幸右衛門の父親《てておや》が先斗町《ぽんとちよう》の芸妓《げいぎ》に産《う》ませた下借腹《げしやくばら》（妾腹《しようふく》）の子……。

生後間なしに吉野屋に引き取られた勝彦は、幸右衛門の母の手で育てられたという。

母親は我が腹を痛めたかのように、勝彦を幸右衛門と分け隔《へだ》てなく育てた。

無論《むろん》、勝彦は生《お》い立ちを知らされていなかった。

ところが、勝彦の元服《げんぶく》の儀《ぎ》の席で、烏帽子親《えぼしおや》が口を滑《すべ》らせてしまったのである。

何も知らなかった勝彦は恐慌《きょうこう》を来《きた》し家を飛び出してしまい、それからというもの、まるで我が宿命《さだめ》への腹いせでもあるかのように、放蕩《ほうとう》の数々……。

遂《つい》に業《ごう》を煮《に》やした父親《てておや》から勝彦は久離されたのであるが、勝彦が二十歳《はたち》を迎えた頃に再び姿を現すや、自分をこんな境遇《きょうぐう》に追いやったのは、何もかも父親《てておや》のせい、落とし前をつけてもらおうか、と迫ったものだから堪《たま》らない。

そして、悲劇は起きた。

父親《てておや》に殴《なぐ》りかかった勝彦を止めようとして、間に入った母親が弾《はず》みで長火鉢《ながひばち》の角でこめかみを打ちつけ、即死してしまったのである。

勝彦がわざとしたのではないことは、幸右衛門にも父親《てておや》にも解っていた。

が、幸右衛門は勝彦が自棄無茶になった気持は理解できても、これまで我が子同然に勝彦を育ててきた母親が、こんな死に方をしてしまったことでどうしても許せなかった。

それ故《ゆえ》、二十年前、久々に吉野屋の当主となった幸右衛門を訪ねて来た勝彦を、どうせ金の無心《むしん》だろうと決めつけ、逢《あ》おうともせずに追い返してしまったのである。

あれから二十年……。

が、虫の知らせというか、此《こ》の中《じゅう》、幸右衛門はやけに勝彦のことが気になってならなくなり、何かに追い立てられるかのように四方八方《しほうはっぽう》に手を廻し勝彦の行方を捜してきたのであるが、まさか、勝彦が道楽寺和尚にまで成り下がり、挙句《あげく》、死の床についていたとは……。

幸右衛門はすぐさまおりきに宛《あ》てて文《ふみ》を認《したた》めた。

深川加賀町には築石良山《つきいしりょうざん》という本道《ほんどう》（内科）の名だたる医師がいると聞いていたが、幸右衛門は自分がつき添ってやるためには、気心《きごころ》の知れた立場茶屋おりきに逗留《とうりゅう》し、勝彦を素庵の診療所に託《たく》すことを選んだのである。

幸い、素庵の了承を得たのでいつでも連れて来るようにと、おりきからも快《こころよ》い返事を貰《もら》えたのだが、ときすでに遅し……。

勝彦は肝の臓を病《や》み、それも手の施《ほどこ》しようがないほどの重篤《じゅうとく》だったのである。

ならば、一刻《いっとき》でも永く、失った兄弟の秋《とき》を取り戻したい……。

その想いで、勝彦が素庵の診療所に入ってからというもの、幸右衛門は足繁《あししげ》く診療所に通い、食事と就寝《しゅうしん》以外は勝彦の傍についてやるようにしてきたのだった。

「いよいよ、あたしも腹を括《くく》らなければならないと思ってね……」

幸右衛門は苦渋《くじゅう》に満ちた顔をした。

「やっと、長い間の蟠《わだかま》りが払えたというのに、別れの秋《とき》が迫っているとは……」

おりきがそう言うと、幸右衛門は立ち上がり、縁側の手すりに身体を預けるようにして、海を瞠《みつ》めた。

おりきも傍に寄って行く。

満潮《まんちょう》の海は青々としていた。

風が潮《しお》の匂《にお》いを運んで来る。

ふっと、身体の中を秋風が吹き抜けていったように思った。

ああ、秋はしっかとそこまで来ていたのだ……。

秋来ぬと目にはさやかに見えねども
　風の音にぞおどろかれぬる
（古今和歌集《こきんわかしゅう》）

幸右衛門は中食《ちゅうじき》まで横になり、少し身体を休めて再び診療所に戻ると言った。

「では、中食はわたくしと一緒に摂《と》りませんこと？」

えっと、幸右衛門は目を瞬《しばた》いた。

「嫌《いや》ですわ。そんなに驚くほどのことではありませんわ。巳之吉《みのきち》に言って、何か精《せい》のつくものを作らせますので、是非《ぜひ》！」

「だが、巳之《みの》さんは夕餉《ゆうげ》膳《ぜん》の下拵《したごしら》えで忙しいのでは？　そう思い、あたしはこれまで中食は外で摂っていたんだよ。いやいや、あたしのために手間を取らせては申し訳ない……」

幸右衛門が気を兼ねたように言う。

「あら、大丈夫ですことよ。吉野屋さまが恐縮なさるような馳走《ちそう》を出すわけではありません。わたくしや大番頭が食べる賄《まかな》いにほんの少し毛が生《は》えた程度と思って下さいませ。ですから、客室で食べるのではなく、帳場で頂《いただ》きませんこと？」

幸右衛門は、ああ、それなら……、と頷いた。

「では、早速《さっそく》、床を取りに来させましょう。中食の仕度が出来ましたら声をかけますので、それまでゆっくりとお休み下さいませね」

おりきが茶道具を手に、次の間に下がって行く。

そうして、階下に下りると、おうめに浜木綿の間に床を取るように命じ、板場へと廻った。

刻《とき》は四ツ（午前十時）を少し廻った頃……。

板場は朝粥膳の片づけが終わり、これから夕餉膳の仕込みに入るところのようだった。

大鍋《おおなべ》に出汁《だし》を取る者、野菜を洗う者、追廻《おいまわし》の中には布巾《ふきん》を煮沸《しゃふつ》する者もいて、その中で、一月《ひとつき》前に旅籠の追廻に入った、およねの息子福治《ふくじ》が鰹節《かつおぶし》を削《けず》っているのが目に入った。

流しの板前として深川、浅草と渡り歩いてきた福治に追廻から始めろというのは酷《こく》な話と解っていたが、巳之吉が言うには、それも十五夜の月見膳《つきみぜん》を終えるまでで、その後は焼方《やきかた》に廻すつもりのようである。

料理屋によって、調理の手順も違えば、味つけ、盛りつけ、すべてが違う。

福治もその点はよく弁《わきま》えていて、現在《いま》は一日も早く立場茶屋おりきのやり方を覚えようと懸命のようだった。

「あっ、女将さん……」

板脇《いたわき》の市造《いちぞう》と何やら話し込んでいた板頭《いたがしら》の巳之吉が、おりきの姿を認め傍に寄って来る。

「何か……」

「巳之吉、急なことで悪いのですが、吉野屋さまの中食を作ってもらえないかと思いましてね」

「ええ、ようがすが……。けど、たった今、吉野屋さまは朝粥膳を食べられたばかりなんじゃ……」

「それが、殆ど手をつけられなかったのですよ。なんでも、昨夜はよくお休みになれなかったようでしてね。恐らく、疲れが溜《た》まっておいでなのでしょうが、こんなときだからこそ、精のつくものを食べていただきたいと思いましてね。と言っても、夕餉膳のように仰々《ぎようぎよう》しいものではなく、わたくしと一緒に帳場で頂ける簡単なものをと思っているのですけど……」

「では、竹籠弁当《たけかごべんとう》をお作りしやしょうか？　それとも、精のつくものといいやすと、鰻《うなぎ》はどうでやしょう？　実は、今朝、魚河岸《うおがし》で形《かた》のよい鰻を仕入れやしてね。とは言え、鰻重《うなじゆう》ではありきたりなので、大坂風《おおざかふう》に押し寿司《ずし》にしてみるか、尾張風《おわりふう》のまぶしに……」

「ああ、それがよいかもしれませんね！　巳之吉に委せますので、吉野屋さまの食が進むものを作って差し上げて下さいな」

「では、女将さんと一緒ってことで、二人前《めえ》用意すればいいんでやすね？」

おりきは首を傾《かし》げ、三人前にして下さい、大番頭が旋毛《つむじ》を曲《ま》げては困りますからね、と肩を竦《すく》めてみせた。

そうして、帳場に戻ってみると、大番頭の達吉が宿帳《やどちょう》を手に、何やら思案《しあん》投げ首考えているではないか……。

「どうしました？」

「へえ、それが……。明後日《あさって》は十五夜ですぜ。これまでは、なんとか予約客の遣り繰《く》りをしてきやしたが、十五夜だけはどうにもならねえ……。なんせ、一年も前《めえ》から予約が入《へえ》り、客室ばかりか一階の広間まで詰まっている始末でやすからね」

ああ……、とおりきは頷いた。

達吉は浜木綿の間のことを言っているのである。

品川宿は月の名所……。

そのため、七月二十六日の二十六夜《にいざよい》と八月十五日の中秋《ちゆうしゆう》の名月、九月十三日の後《のち》の月は、一年も前から巳之吉の月見膳を味わい、月を愛でようという客の予約で、客室すべてが埋《う》まっているのである。

が、今年は幸右衛門の逗留で浜木綿の間が使えない。

「ねっ、女将さん、十五日の晩だけでも、吉野屋さまを茶室に移すってわけにゃいかねえでしょうかね」

達吉が鼻眼鏡《はなめがね》を指で持ち上げながら言う。

おりきはくすりと肩を揺《ゆ》すった。

「何を言うのかと思ったら……。吉野屋さまはそんなことは先刻承知《せんこくしょうち》ですよ。ご自分の口から、そうしてほしいと言われましたからね。そのことは、深川から下さった文に書いてありましたでしょうに……」

「ええ、そりゃそうなんでやすが、茶室からじゃ、月がよく見えねえのではと思いやして……」

おりきは呆《あき》れ返ったように達吉を見た。

「達吉は現在《いま》吉野屋さまに月を愛でる気持の余裕があると思いますか？」

いや……、と達吉は慌てて視線を彷徨《さまよ》わせた。

「さいですよね……」

「品川にいながら月を愛でる気持の余裕がないのも心寂《うらさび》しいことです。だから尚《なお》のこと、労《いたわ》って差し上げなければ……」

「へっ、解りやした。じゃ、あっしの口から茶室に移ってくれと頼まなくていいってことなんでやすね?」

達吉がおりきの顔を上目《うわめ》に窺う。

「ええ。今日の中食はここでわたくしたちと一緒に召し上がることになっていますので、わたくしの口から伝えましょう」

えっと、達吉が目をまじくじさせる。

「ここで? それに、わたくしたちとは……。えっ、あっしも一緒にってことでやすか!」

おりきはふわりとした笑《え》みを返した。

「ええ、そうですよ。巳之吉に三人分の中食を仕度するように頼んでおきました。達吉、期待していていいですよ。巳之吉が立派な鰻を仕入れたと言っていましたからね」

途端《とたん》に、達吉がでれりと目尻を垂《た》れた。

「鰻か……。そいつァいいや! なんせ、土用《どよう》の丑《うし》の日にゃ、さんざっぱら匂いを嗅《か》がされただけで、俺たち店衆《たなし》の口に入《へえ》るわけじゃなく、恨《うら》めしげに指を銜《くわ》えてたんだが、これでやっと……。けど、あっしだけ相伴《しょうばん》に与《あずか》ってもいいんでやすか?」

「吉野屋さまの食が進むようにと思ってのことなのですもの、これもお務《つと》めの一つと思うことですね」

「へへっ、こんなお務めなら、いつだって大歓迎で……」

達吉が締《し》まりのない顔をして、ひょいと肩を竦める。

「じゃ、十五日の浜木綿の間は、沼田屋《ぬまたや》さまご一行ということで宜しいんですね？」

「ええ、沼田屋さまは毎年のことですからね。多摩の三郎さんに萩《はぎ》を大量に頼んできましたので、今年も萩の隧道《ずいどう》を作って差し上げなければ……」

「萩の隧道といえば、去年は真田屋《さなだや》の源次郎《げんじろう》さんが初めて月見の宴《えん》に参加され、いたく感激されたといいやすが、今年もご一緒なさるのでしょうね」

「予約は四名でしたわよね？　それでしたら、きっとそうなのでしょう。早いものですね。こずえさまがお亡くなりになって、二年が経《た》とうとするのですものね」

おりきがしみじみとした口調で言う。

「あっしも忘れやしやせん。こずえさんは後の月に亡くなられたのでやすからね……」

「あの日、訃報《ふほう》を聞いて大崎村《おおさきむら》の真田屋の寮《りょう》に駆けつけたとき、庭でこずえさまが丹《たん》精《せい》を込めて作られた萩の隧道を目にしましてね。そのせいか、萩を見ると、こずえさまを思い出してしまいます……。あのとき、源次郎さまが今後は自分がこの隧道を護《まも》ってみせるとおっしゃっていましたので、恐らく、今年も見事に蔓《つる》を這《は》わせたことでしょう……」

おりきが目を細める。

数ある花の中で、萩の花が好きだと言ったこずえ……。

何故かしら、おりきにはこずえが現在《いま》も萩の隧道の下に佇《たたず》んでいるように思えてならなかった。

が、そんなおりきの哀惜《あいせき》を打ち砕《くだ》くかのように、達吉が唐突《とうとつ》に呟いた。

「けどよ、こずえさんが亡くなって、丸二年だ……。三回忌を終えたら、源次郎さんもそろそろ後添《のちぞ》いを貰うことを考えたほうがいいんじゃねえかと……。だってそうでやしょう？　真田屋もこのままでよいはずがねえ！　跡《あと》継ぎのことを考えなきゃならねえんだからよ」

「大番頭さん！」

おりきがきっと目で制す。

「けど、商人《あきんど》なら、誰だってそう思うはず……。ましてや、真田屋は両替商《りょうがえしょう》だ。源次郎さんの代で途《と》絶《だ》えてよいわけがねえ！　源次郎さんが後添いを貰えば、真田屋にとっては取り子取り嫁ってことになるが、真田屋にはその覚悟があったはず……。だってそうじゃねえか、真田屋じゃ、病を得《え》たこずえさんの生命《いのち》が永くねえと解っていた……。それでも、束《つか》の間であれ、娘に女ごとしての幸せを味わわせてやりたくて、源次郎さんを婿《むこ》に取ったのだからよ……。だから、こずえさん亡き後、源次郎さんが後添いを貰い、赤児《やや》の誕生を望んだところで、それのどこがおかしかろう……」

「それは解っています。解っているけれども、そんなことを他人《ひと》がとやかく言うものではありません！」

「へい……」

達吉が潮垂《しおた》れる。

その姿に、おりきはくすりと肩を揺らし、

「さっ、お茶を淹れましょうか」

と微笑みかけた。


巳之吉が幸右衛門のために用意したのは、鰻のまぶしと苦瓜《にがうり》と豆腐《とうふ》のお浸《ひた》しだった。

「ほう、これは……」

幸右衛門が驚いたようにおりきを見る。

「鰻のまぶしですのよ。尾張の食べ方だそうです。まず一杯目は茶椀に取り分けてそのまま頂き、二杯目に葱《ねぎ》や海苔《のり》、山葵《わさび》といった薬味《やくみ》を載せて頂き、そして三杯目は出汁をかけて茶漬《ちやづけ》として頂くそうですの」

「ああ、これが鰻のまぶしか……。いや、そんな食べ方があると聞いていたのだが、いつも尾張は素通りで、これまで食べる機会がなくてね……。そうですか、そうですか、これが鰻のまぶしね……」

どうやら、巳之吉の作戦は当たったようである。

幸右衛門は茶椀に鰻の蒲焼《かばやき》とご飯を取り分け、口に運ぶや満足そうに頷いた。

「なんと芳《こう》ばしい！　それに、鰻が短冊《たんざく》状《じよう》に刻《きざ》んであるので食べやすい……」

「さいで……。ああ、これで念願叶《かな》った！　正《まさ》な話、この夏、あっしはどれだけ蒲焼を食いてェと思ったことか……。いっそのやけ、てめえで身銭《みぜに》を切って食おうかと思ったほどだが、大番頭がそんなことをしたんじゃ、店衆に示《しめ》しがつかねえ……。かと言って、門前町では顔が知られているもんだから、余所《よそ》の見世に入《へえ》るわけにもいかねえ。旦那、礼を言わせて下せえ。旦那のお陰で、あっしも相伴に与れやした……」

達吉がぺこりと頭を下げる。

「まっ、大番頭さんたら！」

おりきは達吉の芝居がかった態度に苦笑《くしょう》した。

「いや、大番頭は決して大袈裟《おおげさ》に言ったわけではないぞ。いやァ、実に美味い！　これで元気を取り戻せそうだ。では、二杯目は薬味を載せて食べてみようかな。いや待てよ。その前に、苦瓜を頂いてみようか……。おっ、揚《あ》げ豆腐と一緒に浸しているのか……」

幸右衛門がお浸しに箸を伸ばす。

炭火で丸ごと焼いた苦瓜を縦《たて》半分に切って種を取り除《のぞ》き、半月《はんげつ》切りにして旨出汁《うまだし》に揚げ豆腐と共に漬《つ》け込んだものだが、苦瓜は焼くと苦《にが》みが薄れ、ほどよい味となる。

「なんと、このほどよい苦さが堪らないではないか！　しかも、揚げ豆腐との相性《あいしょう》のよいこと……。仕上げに振った白胡麻《しろごま》が香りを引き立て、あたしは気に入りましたぞ！」

幸右衛門が興奮したように甲張《かんば》った声を上げ、おりきも苦瓜を口に運ぶ。

まあ……、とおりきは思わず目許《めもと》を綻《ほころ》ばせた。

幸右衛門の表現はなんと的確《てきかく》なことか……。

これまではつい敬遠《けいえん》しがちだった苦瓜だが、このほろ苦さは病みつきになりそうである。

そうして、幸右衛門は二杯目を薬味添えで食べ、現在《いま》は三杯目を茶漬で食べている。

既に、お櫃の中は空《から》っぽに……。

これが、今し方まで食が進まないと嘆《なげ》いていた人物と同一人物かと思えるほど、幸右衛門は健啖《けんたん》ぶりを見せた。

「ごらんなさい。余すことなく食べてしまいましたよ」

幸右衛門が腹中満々《ふくちゆうまんまん》といった顔をする。

「ようございましたわ。これで、わたくしも安堵いたしました。ではお茶を淹れましょうね」

おりきが茶の仕度を始める。

が、幸右衛門はつとまじめな面差《おもざ》しに戻すと、おりきに目を据えた。

「女将、いや、大番頭にも聞いてもらいたいのだが、あたしは今宵《こよい》から茶室に移らせてもらうことにします」

えっと、おりきは慌てて達吉と目を見合わせた。

「今宵から……。いえ、明日までまだ大丈夫なのですよ」

「そうですぜ。浜木綿の間に予約が入《へえ》っているのは明後日でやすからね」

おりきと達吉が口を揃《そろ》えてそう言うと、幸右衛門は寂《さみ》しそうにふっと片頬《かたほお》を弛《ゆる》めた。

「いや、やはり、今宵からにしよう。これまでも、あたしが長逗留《ながとうりゅう》をすることになったばかりに、大番頭が部屋割りに頭を悩ませていることが解っていたんだよ」

「いえ、そんな……。ちゃんとお客さまに迷惑がかからねえようにしてきたつもりでやすが……」

達吉が挙措《きょそ》を失い、救いを求めるかのようにおりきを窺う。

「ええ、そうですのよ。予約を受けたお客さまにはすべて泊《と》まっていただきましたので、吉野屋さまが案じられることはありませんのよ」

「だが、常なら滅多に泊まり客を入れることのない広間を、客室に使っていたではありませんか」

ああ……、と再びおりきと達吉が顔を見合わせる。

立場茶屋おりきの客室は、二階に五部屋……。

一階の広間は宴席《えんせき》に使うだけで、そこに客を泊めることはないのだが、此度《こたび》は客に事情を話し、三人連れには広間を使ってもらうことにしたのである。

幸右衛門にはそのことは伏せておいたのに、まさか、気づいていたとは……。

「けれども、広間に泊まられたお客さまが目先が変わってよいと悦《よろこ》ばれましてね。ですから、吉野屋さまが気を兼ねることはありませんのよ。と言っても、十五夜だけは客室ばかりか、広間まで予約が入っていましてね。それで、その日だけは茶室で辛抱《しんぼう》していただこうかと思っていましたの……」

「辛抱だなんて、天骨《てんこち》もない！　あたしは端《はな》から茶室でよかったんだよ。なんせ、此度は勝彦の看病が目的で、板頭の料理を味わう気持の余裕《ゆとり》もなかったのだからよ……。いやや、やはり、今宵から茶室に泊まらせてもらいます」

ここまで幸右衛門の気持が固いとなれば、従うより仕方がないだろう。

「解りました。では、茶室にお泊まりになれるように仕度をしておきます」

おりきは肩息《かたいき》を吐くと、茶を勧《すす》めた。

「驚きやしたぜ。まさか、吉野屋さまに広間のことが暴露《ばれ》ていたなんて……」

幸右衛門が診療所に出掛けていった後、達吉が苦々《にがにが》しそうに言う。

「本当に……。却《かえ》って吉野屋さまに肩身《かたみ》の狭《せま》い想いをさせてしまいましたね。今思えば、吉野屋さまが言われるように、端から茶室を使ってもらったほうがよかったのかもしれませんね。浜木綿の間をお取りしていても、朝餉を済ませて診療所に出掛けられると、五ツ（午後八時）過ぎになるまで戻って来られなくて、謂わば、部屋には寝に帰るようなもの……。夕餉も半分ほどしか手をつけられず、巳之吉があれで大丈夫なのだろうかと案じていましたからね」

　おりきが眉根を寄せる。

「此の中、食が細くなられていた吉野屋さまのために、巳之吉が量を減らし、食べやすいものを特別に拵《こしら》えていたようだが、それでも半分ほどしか食わねえというんじゃな……」

　達吉がふうと太息を吐く。

　おりきはハッと思い出したように立ち上がると、板場側の障子《しょうじ》を開け、旅籠衆《はたごし》の食間に声をかけた。

「おうめ！　おうめはいませんか」

　中食を摂っていたおうめが、何事かといった顔をして帳場にやって来る。

「何か……」

「中食はもう済みましたか？」

「ええ」

「今宵から吉野屋さまが茶室に移られますので、おみのやおきちと手分けして、客室の仕度をして下さいな」

「はい。それで、夕餉はいかが致しましょう。茶室でお摂りになるのですか」

「…………」

おりきは暫《しば》し考えた。

幸右衛門が宿に帰って来るのは、五ツ過ぎ……。

それから、たった一人で茶室で夕餉を摂るのでは、いかにいっても心寂しい。

「そうですね。朝餉は茶室で摂っていただくことにして、夕餉は帳場でということに致しましょう。それなら、吉野屋さまが湯に入っていらっしゃる間に仕度が出来ますからね」

そう言うと、おうめが目から鱗《うろこ》が落ちたといった顔をして頷く。

「それがようございます！　吉野屋さまはこれまでも女将さんを相手にお酒を上がっていたのですものね」

「そりゃそうだ。客に酌《しゃく》をすることのねえ女将さんが、唯一《ゆいいつ》、酒の相手をするのが吉野屋さまだ！　それなら勝彦さんの容態《ようでえ》を訊《き》くことも出来て、一石二鳥《いっせきにちょう》ってなもんでェ……」

達吉がポンと膝《ひざ》を叩《たた》く。

現在《いま》、おりきが幸右衛門にしてやれることといえば、そんなことしかないだろう。

「では、頼みましたよ」

おりきはつと寂しげな笑みを浮かべた。

おりきはおきちを助手に、客室の縁側を野山に仕立てていった。

今年も多摩の花売り三郎と女房のおえんが萩や芒《すすき》の他に、杜鵑草、野原薊《のはらあざみ》、竜胆《りんどう》、松虫草《まつむしそう》、女郎花《おみなえし》と盛り沢山《だくさん》に運んで来てくれたのである。

てっきり喜市が来るものと思っていたおりきは、おえんの顔を見て、おやっと目を瞠《みは》った。

「おや、喜市さんは？」

おりきが訊ねると、おえんはわざとらしく顔を顰《しか》め、

「おとっつァんは足首を骨折してからというもの、すっかり焼廻《やきまわ》っちまって……。孫のしずかのお守《も》りをさせています」

と言った。

この春のことである。

片栗《かたくり》の花が欲しいと言うおりきのために、喜市は山奥に入って沼に脚《あし》を滑《すべ》らせ、足

首を骨折してしまったのである。

わたくしのためにそんな無理をして……。

おりきは申し訳なさと嬉しさで胸が一杯になった。

「それで、脚の具合はどうなのですか？」

「もうすっかりいいんですけどね。怠《なま》け癖《ぐせ》が出たというか、ああしろこうしろと指図《さしず》するばかりで、自分じゃちっとも動こうとしなくて……。おまけに、甘えることを憶《おぼ》えちまったもんだから、あれじゃ、まるで幼児返《ようじがえ》りをしたみたいで、しずかのほうがよっぽど手がかからない！」

おえんは憎体《にくてい》に言った。

喜市が娘のおえんに甘える姿が目に見えるようで、おりきは頬を弛めると、花代の他に喜市としずかに甘いものでも買ってやってくれと心付《こころづけ》を渡したのである。

おりきは今年はおきちに月見《つきみ》飾《かざ》りを手伝わせようと決めていた。

おきちが若女将になるのはまだ先のことだが、客室を野山に設《しつら》えるのも、女将修業の一つ……。

おきちは大量の山野草を前に気後《きおく》れし、目をまじくじさせた。

「これを全部……」

「そうですよ。客室五部屋と広間まで飾るのですもの、これでもまだ足《た》りないくらいですよ」

「あたし、やったことがないもの……」

「やったことがないからこそ、見よう見まねで憶えていくのでしょう？　さあ、萩の隧道を創《つく》るので、縁側の両端に壺《つぼ》を置いて下さいな」

おきちは渋々《しぶしぶ》従ったが、どう見ても心が入っていないようである。

見かねて、おうめがさっとおきちに取って代わった。

「おきちに委せておいたんじゃ、間尺《ましやく》に合わない！　おきち、おまえは女将さんやあたしがすることをそこで見て学ぶんだ！」

おうめはおきちの手から萩の束《たば》を奪うと、てきぱきと壺に活けていき、鴨居《かもい》に打った留金《とめがね》に蔓を這わせていった。

おりきも芒や竜胆、野原薊といった草花を縁側の各所に配していく。

そうして、やっと一部屋の飾りつけが終わったのは、四ツを廻った頃であった。

やれ、あと四部屋に広間が……。

少し急がなければ、客が到着するまでにとても終わりそうにない。

が、一部屋飾りつけたところでどうやら要領が呑《の》み込めたとみえ、おきちも手を貸すようになり、すべての飾りつけが終わったのは正午過ぎであった。

「なんとか様《さま》になりましたね。ご苦労でした。では、部屋の片づけを終えたら、中食にして下さい」

おりきはそう言い、ちらとおきちに目をやった。

なんと、最初《はじめ》は不貞《ふて》たような顔をしていたおきちが、目を輝かせて萩の隧道に見入っているではないか……。

これまでも、おきちは客室の給仕に上がり縁側の設えを目にしていたというのに、どうやら、自らが手伝ったことで感激も一入《ひとしお》のようである。

これも、まずは一歩と思わなくてはならないだろう。

おりきは胸を撫《な》で下ろし、帳場に戻って行った。

するとそこに、計《はか》ったように巳之吉が月見膳の打ち合わせにやって来た。

「今宵はこれでいこうかと思ってやすが……」

巳之吉が絵付きお品書《しながき》を差し出す。

「先付《さきづけ》が梅蜜煮《うめみつに》、鮑《あわび》含め煮、芥子蓮根《からしれんこん》、鱁鮧《うるか》の柚子釜《ゆずがま》、茗荷寿司《みょうがずし》ですか……。これを白磁《はくじ》の丸鉢《まるばち》に入れて、楓《かえで》の葉をあしらうのですね。なんて涼《すず》しげなのでしょう」

「梅蜜煮の器《うつわ》に鬼灯《ほおずき》をと考えてやす」

「赤に赤を配すのですね。鬼灯の赤に楓の緑、白磁の白と、見た目も鮮《あざ》やかですこと……」

「続いて椀物《わんもの》でやすが、焼物《やきもの》でふんだんに松茸《まつたけ》を使いやすんで、ここでは萩真丈《はぎしんじょう》の吉野《よしの》仕立《じた》てを……」

「成程《なるほど》、葛《くず》仕立てにするのですね。それから向付《むこうづけ》となり、おや、向付は二種類用意するのですか?」

「へっ、敢《あ》えて器を二つに分け、杉四方盆《すぎしほうぼん》の上に花弁鉢《はなびらばち》と筒状《つつじょう》で背丈《せたけ》のある器を配し、花弁鉢のほうには鯛《たい》と車海老《くるまえび》を、筒状の器に氷を詰め、大葉《おおば》を敷《し》いた上に鮪《まぐろ》の焼目《やきめ》つけと二杯酢《にはいず》の下《お》ろし和《あ》え、青紫蘇《あおじそ》を……」

巳之吉のお品書の絵はいつ見ても写実的で、思わず生唾《なまつば》を呑みそうになる。

「それから焼物となりやすが、思いがけずに松茸が大量に手に入《へえ》りやしたんで、長方皿《ちょうほうざら》に焼網《やきあみ》を載せ、柿《かき》の葉を敷き詰めると、その上に焼き松茸と酢橘《すだち》……。それだけでは物足りねえんで、鱧《はも》と蛤《はまぐり》、銀杏松葉刺《ぎんなんまつばざ》しを配しやす」

「秋らしくて、とてもよいと思いますよ。おや、ここに口替《くちが》わりが入るのですね?」

おりきが備前丸皿《びぜんまるざら》に載った口替わりに目を留《と》める。

「へい。月見膳なんで、大盤振舞《おおばんぶるめえ》を……。丸皿の上に松葉を敷き、その上に鮑の雲丹《うに》焼《やき》をと思ってやす。続いて、炊《た》き合わせとなりやすが、今宵は茄子《なす》の丸炊《まるだ》きと車海老の旨煮《うまに》……。そして、酢物《すのもの》が海月《くらげ》と胡瓜《きゅうり》、椎茸《しいたけ》の白酢和《しらずあ》えとなり、ご飯物《はんもの》が落鮎《おちあゆ》を使った鮎飯《あゆめし》で留椀《とめわん》が鱧と松茸の吸物《すいもの》となりやす。これで如何《いかが》でしょうか？」

「甘味《かんみ》は水菓子《みずがし》の柿と黒蜜《くろみつ》仕立ての葛切《くずき》りの二種類があるのですね……。ええ、これなら、沼田屋さまも高麗屋《こうらいや》さまもお悦びになることでしょう。何しろ、あの方たちはよほどのことがない限り、片月見《かたつきみ》を嫌《きら》って、ほぼ毎年、十五夜と後の月に見えるのですものね。毎度同じ料理を出すわけにもいかず、献立《こんだて》を考える巳之吉もさぞや頭の痛いことでしょうね」

おりきが犒《ねぎら》うように言うと、巳之吉は照れ笑いをしてみせた。

「なんの……。寧《むし》ろ、あっしは感謝してェくれェで……。お陰で、目先の変わった料理に挑戦できるのでやすからね。あっ、それはそうと、吉野屋さまの夕餉膳のことでやすが、おうめさんの話じゃ、帳場でお出しするんで、客室とは違う、もっと簡単なもののほうがいいんじゃねえかと……」

巳之吉がおりきを瞠める。

「ええ、現在《いま》は月見膳どころではないでしょうからね……。それに、食が細くなられたことから考えて、吉野屋さまには何か他の料理を作ってもらえませんか？」

「解りやした。月見膳の献立の中で、吉野屋さまに向きそうなものはそのままにして、他に消化のよさそうなものを考えてみやす」

「手間を取らせて申し訳ありませんが、出来たらそうしてさしあげて下さいな」

「へっ、解りやした。吉野屋さまの夕餉膳は五ツ頃と思っていていいんでやすね？」

「特別なことがない限り、その時刻には戻ってみえると思います。では、頼みましたよ」

巳之吉が板場に下がって行く。

と、そのとき、入口側の障子の外から声がかかった。

「女将、いるかよ！」

亀蔵親分の声である。

障子の傍にいた番頭見習の潤三《じゅんぞう》がさっと障子を開けると、亀蔵が月代《さかやき》に粟粒《あわつぶ》のような汗を浮き上がらせ、ひょいと顔を突き出した。

「おっ、いるいる……。いや、今日は旅籠が席の暖まる暇がねえほどの忙しさだと解っているから、長居《ながい》をするつもりはねえんだが、たった今、南本宿の素庵さまの診療所の前を通りすがったところ、吉野屋の旦那が慌てふためいたように診療所の下男と一緒に中に入《へえ》って行くのが目に留まってよ……。旦那の深刻そうな顔からして、ありや、何か異変が起きたって感じでよ……。それで、これはなんでも、おめえに知らせなきゃと思ってよ……」

亀蔵はそう言うと、長火鉢の前ですとんと腰を落とした。

おりきの顔からさっと色が失せた。

「女将さん、勝彦さんに何かあったんでやすぜ！」

達吉が眉根を寄せる。

「親分、何があったのか確かめて下さらなかったのですか？」

おりきがそう言うと、亀蔵が困《こう》じ果てた顔をする。

「それが、声をかけようにも、とてもそんな雰囲気じゃなかったもんでよ……」

おりきは潤三に目まじした。

潤三がすくりと立ち上がる。

「あっしが確かめてきやす！」

潤三は一を聞いて十を知る賢い男である。

語らずとも、おりきが何を考えているか悟り、帳場を出て行った。

「けど、勝彦さんに何かあったとしても、今日は女将さんにしてもあっしにしても旅籠を留守にするわけにはいかねえ……。弱りやしたね」

達吉が蕗味噌《ふきみそ》を嘗《な》めたような顔をする。

「…………」

おりきにもどうしてよいのか解らなかった。

今宵が十五夜でなければ、すぐにでも駆けつけ、幸右衛門の力になってやることが出来るのに……。

が、女将という立場上、現在《いま》、誰か一人のために動くわけにはいかない。

おりきは悶々《もんもん》としながらも、亀蔵のために茶を淹れた。


四半刻《しはんとき》（三十分）ほどして戻って来た潤三の話では、やはり、勝彦が危篤《きとく》に陥《おちい》ったというのである。

「けど、吉野屋さまは自分のことは案じることはない、現在《いま》来てもらっても何もすることはないのだから、それより、女将には月見客を滞《とどこお》りなく迎え、女将の務《つと》めを果たしてほしい、とそう言われやしてね……。せめて、あっしか下足番見習の末吉《すえきち》が旦那の傍につきやしょうかと言っても、天骨もない、おまえや末吉には各々《おのおの》やるべき務めがあるだろう、と頑《がん》として言うことを聞いて下さいやせんでした……」

「そうですか……」

おりきはふうと肩息を吐いた。

如何《いか》にも幸右衛門らしいと思ったのである。

「では、お客さまをすべて出迎えた後、もう一度、様子を見に行って下さい。あとはおまえの判断に委せます」

「解りやした。吉野屋さまの腹拵《はらごしら》えになるものを持って行くとか、万が一ってときには……」

潤三は言葉を濁《にご》した。

恐らく、女将さんに知らせたり、枕経《まくらぎょう》のために妙国寺《みょうこくじ》に走ったり……、と続けたかったのであろう。

そうこうするうちにも遽《あわただ》しくときが過ぎていき、次々に月見客が到着した。

こうなると、幸右衛門や勝彦のことを慮《おもんぱか》る気持の余裕がない。

が、常にそのことが脳裡《のうり》にこびりついているためか、無理して作る笑顔もどこかしらぎこちなく、

「おや、女将、身体の具合でも悪いのかえ?」

と客に指摘される始末で、慌てて、いえ、とんでもないことです、いたって息災《そくさい》にございます、と頰に笑みを貼《は》りつけるのだった。

そうして、客室の挨拶《あいさつ》に廻ろうとしたときである。

達吉がおりきの耳許《みみもと》に囁《ささや》いた。

「今し方、潤三がおうめに握り飯を作ってもらい、診療所に運びやした……」

「では、勝彦さんはまだ……」

「そのようでやす。なんとか保ち直してくれればいいんだが、まっ、今宵が山ってとこでしょうかね」

「解りました。わたくしも務めを終えたら、覗いてみることにします。なんとか保ってくれるとよいのですがね」

おりきはひとまず胸を撫で下ろし、二階の客室へと上がって行った。

松風《まつかぜ》の間、浜千鳥《はまちどり》の間と廻って行き、浜木綿の間は沼田屋たちの部屋とあり、最後に廻した。

「沼田屋さま、高麗屋さま、真田屋さま、今宵はようこそお越し下さいました……」

おりきが深々と頭を下げると、沼田屋源左衛門《げんざえもん》が、早く傍に寄れ、と手招きをする。

「よいよい、堅苦《かたぐる》しい挨拶は抜き！　それより、よいところに来てくれた。実はよ、高麗屋が源次郎に後添いの話を持って来てくれてよ！　これがまたとない良い話でな。こずえさんが亡くなって、丸二年……。今月の末に三回忌をすることでもあるし、そろそろ後添いを貰ってもよい頃じゃないかと思ってよ……。ところが、源次郎の奴、相も変わらず石部金吉《いしべきんきち》で、そんなことをしたのでは亡くなったこずえに申し訳が立たないと渋《しぶ》っているのだが、こずえさんの父親《てておや》の真田屋が跡継ぎのことを考え、早く後添いを貰ってほしいと言っているのだから、何を迷うことがあろうかよ！　なっ、よい折だ。女将の意見を聞こうじゃないか！」

源左衛門が皆の顔を見廻《みまわ》す。

「ああ、あたしも是非聞いてみたいものですな」

真田屋吉右衛門《きちえもん》が身体を前に乗り出す。

おりきは真田屋源次郎の顔を窺った。

源次郎は俯《うつむ》き加減《かげん》に唇を噛《か》み締めている。

恐らく、俎《まないた》の上の鯉《こい》といった心境なのであろう。

「またとない良い縁談といいますと？」

おりきが源左衛門に訊ねる。

「それがよ、高麗屋の妹が神田《かんだ》本石町《ほんごくちょう》の両替商に嫁《とつ》いでいてよ。三橋屋《みつはしや》というのだが、なかなか内証《ないしょ》のよい大店《おおだな》でよ。その妹の娘、つまり、高麗屋の姪《めい》に当たるのだが、歳《とし》は二十二で、これが伯父《おじ》の高麗屋とは似《に》ても似つかないぼっとり者でよ……。三橋屋には嫡男《ちゃくなん》がいるので、娘を嫁に出したところで一向《いっこう》に構わない……。なっ、良い話だと思わないか？　育世《いくよ》というその娘が源次郎の嫁になるってことは、真田屋、高麗屋、そしてこの沼田屋の絆《きずな》がより一層強まるってもんでよ。真田屋はこの話に乗り気なのだが、肝心《かんじん》の源次郎がもうひとつ色よい返事をしないものでよ……」

源左衛門は忌々《いまいま》しそうな顔をした。

高麗屋の姪が源次郎の後添いに入れば三家の絆が強まるというのは、源左衛門の次男源次郎が真田屋の一人娘こずえの入り婿に入ったために沼田屋と真田屋の絆が強まり、こずえ亡き後、高麗屋九兵衛《きゅうべえ》の姪が源次郎の後添いに入れば、これで、真田屋、沼田屋、高麗屋に繋《つな》がりが出来るという意味なのである。

「わたくしにも良いお話と思えますが……」

おりきがそう言うと、よくぞ言ってくれたとばかりに、九兵衛がポンと膝を叩く。

「だろう？　伯父のあたしが言うのも口幅《くちはば》ったいのだが、育世は実に出来た娘でよ。大店の娘にありがちな権高《けんだか》いところがどこにもなく、心根《こころね》の優《やさ》しい娘でよ……。実は、この話を持って来るまでに先方に事情を説明して、三橋屋はどう思うのかと腹を質《ただ》したのよ。するてェと、三橋屋の主人《あるじ》、つまり、育世の父親《ておや》が、後添いであろうとあの真田屋と縁続きになれるとは願ってもないこと、ましてや、若旦那が沼田屋源左衛門の息子というのであるから、こちらから頭を下げてでも貰ってもらいたい、とこう言うのよ……。育世本人もこずえさんのことを気の毒がり、仮に自分が後添いに入《い》ったとしても、決してこずえさんの御霊《みたま》を疎《おろそ》かにするようなことはしない、それが愛しいこずえさんを失い、哀しみの淵《ふち》にいる源次郎さんをお救いすることになるのだからと、なんとまあ、殊勝《しゅしょう》なことを言うではないか！」

「ほう、三橋屋の娘がそのようなことを……。源次郎、そんなことを言ってくれる女ごがどこにいようか！　もしも、おまえがこずえの父親《ておや》であるあたしを気遣ってくれているのなら、それはとんだ考え違い！　あたしはね、不治《ふじ》の病で明日をも知れないこずえに、束の間であれ、女ごとしての幸せを味わわせてやりたいと言って、立派な祝言《しゅうげん》まで挙《あ》げてくれたおまえに感謝しているのだよ。どこの世界に、もう間なしに死ぬと解っている女ごと所帯を持ちたいと思う男がいようか……。そりゃね、口さがない連中は、沼田屋の次男は真田屋の身代欲《しんだいほ》しさに割の合わない縁談に飛びついた、と陰口《かげぐち》を叩いたかもしれない。だが、あたしには解っていた……。おまえは真田屋の身代が欲しかったのではなく、こずえのことを心《しん》から愛しく思っていてくれたのだということをね……。短い間だったが、こずえはおまえの女房になれたことをどんなに悦んだことか……。父親《ておや》のあたしにはこずえの気持が手に取るように理解できました。あの娘《こ》は満足して、おまえに感謝しながらこの世を去っていった……。こずえもきっとおまえが後添いを貰うことを望んでくれると思いますよ。おまえのためにもあたしのためにも、何より、真田屋のためにもね」

吉右衛門が諄々《じゅんじゅん》と諭すように言う。

「源次郎、舅《しゅうと》の真田屋がこうまで言ってくれるんだ。あたしもいい加減《かげん》には孫の顔が見たいしよ」

源左衛門が茶目っ気たっぷりに片目を瞑《つぶ》ってみせる。

源次郎は苦渋《くじゅう》に満ちた目を上げた。

「皆さんの言われることはよく解っています。あたしも真田屋の婿として、いずれはそうしなければと思っています。ですが、こずえが亡くなって、まだ二年……。今《いま》暫《しばら》く、このままでいたいと……」

「まだ二年だって？　もう二年だろうが！　しかも、今暫くこのままでいたいと言って、一体いつまで……。そんな悠長《ゆうちょう》なことを言ってたんじゃ、育世さんの薹《とう》が立っちまうじゃないか！」

源左衛門が気を苛《いら》ったように言う。

「あたしはまだ育世さんと所帯を持つと決めたわけでは……」

「そりゃそうさ。だが、こんなまたとない良い話は、そうそうあるわけじゃない！　それに、せっかく乗り気になってくれている三橋屋に対しても顔が立たないではないか！」

「いや、三橋屋のことは気にせずともよい。だがよ、育世に逢いもしないで断るのは如何《いかが》なものかと思ってよ……」

九兵衛が苦虫《にがむし》を嚙《か》み潰《つぶ》したような顔をする。

「そう、それはそうです！　源次郎、とにかく一度、育世という女《ひと》に逢ってみようではないか……」

吉右衛門が源次郎の顔を窺う。

すると、九兵衛がポンと手を打った。

「そうよ！　見合などと堅苦しい席ではなく、さり気なく逢えばよいのですよ。そのうえで、後添いの話を進めようと思えばそうすればよいし、嫌なら、それまでってことにすればよいのでは……。そう、さしずめ、後の月に育世さんと父御《ててご》を招待するってのはどうだろう」

「おお、それはよい考えだ！　女将、どうだえ？　来月の後の月に、六名ということで予約を受けてくれないだろうか？」

源左衛門がおりきにそう言ったとき、焼物の松茸、鱧、蛤が運ばれて来た。

長方皿に焼網を載せ、柿の葉を敷き詰めた上に焼き松茸や鱧、蛤が……。

おお……、と全員が感嘆の声を上げた。

おりきはひとまず浜木綿の間を辞《じ》すと、帳場に戻った。

「潤三は何か言ってきましたか？」

達吉は、いやっ、と首を振った。

「そうですか……。では、最後のお薄を点ててからでも間に合いそうですね。それはそうと、来月の後の月に、沼田屋さまから六名の予約が入りました。巳之吉にもそのように伝えておいて下さいな」

「六名……。六名といいやすと？」

達吉が訝《いぶか》しそうな顔をする。

おりきはたった今浜木綿の間で聞いてきたことを掻い摘《つま》んで話した。

達吉がさもありなんといった顔をする。

「やっぴし、そういうことになりやしたでしょう？　そりゃそうさ。誰が考えたって、先妻を亡くし二年もすると、後添いをってことになりやすからね。だが、その相手が高麗屋の姪御《めいご》だとは……。ちょい待った！　神田本石町の三橋屋だって？　ああ、あっしも聞いたことがありやすが、旗本《はたもと》、御家人《ごけにん》ばかりか、仙台藩《せんだいはん》、水戸藩《みとはん》といった家《か》中《ちゅう》との取り引きが多く、大店も大店だとか……。へえエ、あの三橋屋の娘と源次郎さんが……。こいつァ、またとねえ良縁じゃござんせんか！　だが、またどうして、そんな良い話を源次郎さんが渋るのか……」

達吉が首を捻《ひね》る。

「源次郎さんの胸には、まだ、こずえさんがいらっしゃるのですよ」

「そりゃそうかもしれねえが、そんなことを言ってたんじゃ、いつまで経っても後添いは貰えねえってことだし、それじゃ、先々真田屋が困ることになるってェのによ……」

「それは解っておいでですよ。いつかは踏ん切りをつけなくてはならないということをね。それで、周囲《まわり》の者が背中を押す意味で、後の月に三橋屋さま父娘《おやこ》を招待するおつもりなのですよ」

「成程ね……。見合といった裃《かみしも》を着た席ではなく……。それはよい思いつきだ！　それなら、源次郎さんも嫌とは言えやせんからね」

「そんな理由《わけ》ですので、巳之吉にその旨《むね》を伝えておいて下さいな。勿論《もちろん》、わたくしの口からも伝えますが……」

「へい、承知しやした」

それから暫くして、最後の甘味が運ばれた頃合いを見て、おりきはお薄を点てに客室を廻った。

「今宵の月見膳は如何でしたでしょうか」

おりきが茶筅を掻き混ぜながら訊ねると、源左衛門が満面《まんめん》に笑みを湛《たた》え、ポンと腹を叩いて見せた。

「満足なんていうものではありませんよ！　ごらんなさいよ、このお腹《なか》を……。いつも思うのだが、巳之吉というのは大した男だぜ！　あたしたちが月を愛でに立場茶屋おりきに通い始めて久しいが、毎度、お品書が違うのだからよ。尤《もっと》も、あたしたちも次はどんな趣向《しゅこう》で目や舌を愉《たの》しませてくれるのだろうかと期待して来るのだが、あの男が期待を裏切ったことは一度もないのだからよ……。いや、実に美味かった！　中でも、あたしは椀物の吉野仕立てが気に入りましたよ。お品書に萩真丈とあったのでなんのことかと思ったら、小豆を萩の花、絹莢《きぬさや》を葉に見立て、刃叩《はたた》きした車海老と鱧の擂《す》り身とを合わせ、茶巾蒸《ちゃきんむ》しにしてあったんだね……。しかも、吸地《すいじ》に冬瓜《とうがん》を刃叩きにしたものを加えて葛を引いているものだから、一風《いっぷう》変わった舌触《したざわ》りとなっていた……」

源左衛門がそう言うと、九兵衛が、あたしはなんといっても焼き松茸だな、と割って入ってくる。

「そう言えば、今宵は口替わりがありましたな。鮑の雲丹焼……。あれは言葉にならないほど美味かった！」

吉右衛門も言う。

「それで、源次郎は？」

源左衛門に覗き込まれ、源次郎が狼狽《うろた》える。

「あたしは全部……。どれも美味《おい》しかったです」

どうやら、源次郎は料理を味わうという気持の余裕がなかったようである。

おりきは源次郎のお薄を点てると、膝前《ひざまえ》に茶碗を置き、ふっと微笑んだ。

その目は、もっと気を楽にお持ちなさい、と語っていたが、口に出して言ったのは、大崎村の萩の隧道は健在でしょうか？　というものだった。

源次郎の目がぱっと輝く。

「ええ、今年も見事な蔓を這わせました！」

「こずえさん、きっと、お悦びですよ」

おりきがそう言うと、源次郎は嬉しそうに目許を綻ばせた。

おりきが女将としての務めを果たし、南本宿の内藤素庵の診療所に脚を運んだのは、五ツ半（午後九時）を廻った頃だった。

診療所の表門は閉まっていたが、雨戸の片側にある潜《くぐ》り戸に手をかけると、閂《かんぬき》がかかっていなかったとみえすっと開いた。

診察室の脇にある通路を通ると中庭や井戸があり、左脇が病室、反対側が厨《くりや》、奥が母屋《おもや》となっている。

診察室の灯《あか》りはすべて消えていたが、病室には煌々《こうこう》と灯《ひ》が点《とも》っていた。

中から話し声が聞こえてくる。

どうやら、素庵と幸右衛門の声のようである。

おりきの胸がきやりと揺れた。

怖々《こわごわ》と開け放たれた扉《とびら》の中を窺うと、入口側に坐《すわ》っていた潤三がおりきに気づき、女将さん！　と声を上げた。

素庵と幸右衛門が振り返る。

「女将か……。ひと足遅かったな。たった今、息を引き取った……」

素庵が辛そうに太息を吐く。

「たった今……」

おりきがハッと幸右衛門に視線を移す。

幸右衛門は頷いた。

「お悔《く》やみを申し上げます。お別れをさせてもらっても宜しいでしょうか」

「ああ、是非、そうしてやってくれ」

おりきが勝彦の傍に寄って行く。

勝彦は枯れ木のように痩せ衰え、まるで即身仏《そくしんぶつ》のようになって横たわっていた。

こんなになるまで、勝彦の身に何があったのであろうか……。

生前の勝彦と言葉を交《か》わしたわけではなく、これまでおりきが幾《いく》たびか味わってきた近しい人との別れに比べれば、今ひとつ、切々とした想いが湧《わ》いてこないが、幸右衛門の気持を思うと居たたまれなかったのである。

長い間の確執《かくしつ》の末、やっと巡《めぐ》り逢えたかと思うと、互いに胸の内をさらけ出すこともなく永別《えいべつ》しなければならなくなったのであるから、幸右衛門は返す返すも無念《むねん》であったろう。

何故、こうなるまで自分は弟を捜し出そうとしなかったのか……。

恐らく、そんな想いが幸右衛門を責め苛《さいな》んでいるのであろう。

幸右衛門は青白い顔をして、こめかみをビクビクと顫《ふる》わせていた。

「女将、吉野屋が遺灰《いはい》を持ち帰り、京で野辺送《のべおく》りをしたいと言い出されてよ……。よって明朝、桐ヶ谷《きりがや》の火葬場に遺体を運ぶことにしたのだが、せめて枕経だけでも唱《あ》げてもらってはと勧めているのだが、吉野屋はそれも要らないと……。まっ、火葬場では茶毘《だび》に付す前に坊主が経《きょう》を唱げてくれるのだがよ。だが、野辺送りを京でするにしても、せめて、通夜《つや》らしきことをしてやったほうがよいと思うのだが……」

素庵が困じ果てたように言う。

「それはそのほうがいいですわ。吉野屋さま、是非、そうしてあげて下さいませ」

「だが、あたしは京の人間で、品川宿の寺には縁がないのでな」

「ええ、解っています。わたくしにお委せ下さいませ！　潤三、解っていますね？」

おりきが潤三に目まじする。

「へっ、行って参《めえ》りやす！」

潤三が病室を飛び出して行く。

「立場茶屋おりきでは、妙国寺を檀那寺《だんなでら》にしていましてね。妙国寺の住持《じゅうじ》なら、便宜《べんぎ》を図《はか》って下さいます」

おりきがそう言うと、それまで黙って成り行きを眺《なが》めていた代脈《だいみゃく》（助手）がそそくさと病室を出て行く。

通夜の仕度をするためのようである。

「では、そうと決まったら、家内に言って供花《くげ》の仕度をさせよう」

素庵も病室から出て行く。

幸右衛門と二人きりになったおりきは、そっと声をかけた。

「さぞや、お辛いでしょうね。けれども、吉野屋さまはよくしておあげになりましたわ。きっと、勝彦さんに想いは伝わったと思います」

「そうだとよいが……」

「伝わりましたとも！　これが伝わらなくてどうしましょうか。吉野屋さまはこんなにも、こんなにも、勝彦さんのことを思って……」

おりきの声が顫え、堰《せき》を切ったかのように涙が頰を伝った。

「おりきさん……」

幸右衛門が驚いたようにおりきを見る。

が、どうしたことか、涙が止まらない。

おりきははらはらと涙を零しながら、これは勝彦のためではなく、幸右衛門への涙なのだ、と思った。


翌日、桐ヶ谷の火葬場で勝彦は荼毘に付され、ここ数日というもの、まともに睡眠が取れなかった幸右衛門は丸一日茶屋で身体を休めることになり、京への出立《しゅったつ》は十八日となった。

その朝、おりきは幸右衛門が朝餉を終える頃合いを見て、茶室を訪れた。

「出立前に、お薄を一服いかがかと思いまして……」

「そいつは有難い！　おりきさんのお薄もこれが飲み納《おさ》めか……」

「飲み納めだなんて……。またすぐにお越し下さるのでしょう?」

幸右衛門は首を傾げた。

「そうしたいのはやまやまなのだが、此度、つくづくと感じたよ。以前は江戸行きをさほど苦《く》に思わなかったのだが、こんなにも疲弊《ひへい》しきってしまうとは……。六十路《むそじ》を超えて焼廻っちまったってことなんだろうな……」

「あら、それは此度が商《あきな》いのためではなく、勝彦さんの行方を捜すのが目的だったからではないですか？　しかも、見つかったのはいいが、勝彦さんが死の床で喘《あえ》いでおられたのですもの、吉野屋さまの心労は計り知れなかったかと……。疲れたと思われるのはそのせいですよ。さっ、一服どうぞ……」

おりきが幸右衛門にお薄を勧める。

幸右衛門は美味そうに茶を啜ると、やっ、実に美味かった、と畳《たたみ》に茶碗を戻した。

「此度は巳之吉の料理を堪能《たんのう》していただくことが出来ずに残念でしたわ」

幸右衛門が寂しそうな笑みをくれる。

「確かに……。永年の夢だった月見膳にありつける絶好の機宜《きぎ》だったというのによ……。そればかりか、おりきさんの創る萩の隧道を見逃してしまいましたよ」

無理もない。

縁側を山野に見立てたあの日、幸右衛門は危篤に陥った勝彦のことで、それどころではなかったのである。

しかも、桐ヶ谷から骨壺《こつつぼ》を抱《かか》えて戻って来たときには、既に飾りは跡形《あとかた》もなく取っ払われていたのである。

思うに、幸右衛門は十五夜の晩、せっかく月の名所品川宿にいながらも、月を愛でる気持の余裕はなかったのであろう。

おりきがそう思ったとき、まるで気持が通じたかのように、幸右衛門がぽつりと呟いた。

「だが、月は愛でましたよ。愛でたというより、思わず目に留まったというほうがよいかもしれないが……」

えっと、おりきが訝しそうな顔をする。

幸右衛門は続けた。

「正な話、あの晩、あたしにはとても月を愛でる気持の余裕はなかったのだが、厠《かわや》に行こうと診療所の中庭に出たところ、井戸端の盥《たらい》に月が映《うつ》っていましてね。ハッと空を仰《あお》ぐと、真上《まうえ》に見事な望月《もちづき》が……。が、それでもそのときは、ああ、これが品の月か……、と思った程度でそのまま厠に行ったのだが、厠から出て手を洗おうとしたとき、ふっと、遊び心が湧いてきましてね……。盥の水に月が映るのなら、掌《てのひら》に掬《すく》った水にも映るのではないかと……。ほら、手に結《むす》ぶ水に宿れる月影の、あるかなきかの世にこそありけれ……。おりきさんも知っているだろう?」

「ええ。確か、紀貫之《きのつらゆき》だったかと……」

「拾遺和歌集《しゅういわかしゅう》のその和歌を思い出したものだから、盥の水を掌に掬い、月に翳《かざ》してみたのですよ。だが、上手《うま》く映らないものだから角度を変えて、この位置なら、この位置なら、と何度もやり直しましてね……。気づくと、あたしの目は涙に濡《ぬ》れて、それこそ、月を愛でるどころではなくなりました。それで、涙に濡れた目を空へと仰ぎ、涙で潤《うる》んだ月を瞠めていると、それまで堪《こら》えていた感情がわっと衝《つ》き上げてきましてね……。勝彦を堪らなく愛しく思いました。こんな気持になったのは初めてだというのに、あいつはもう間なしにこの世を去るのかと思うと、泣けて、泣けて……。あいつはあたしにとって掌の月……。終《つい》しか情を交わせないままに去って行くのですからね。勝彦の息が荒くなったのはそれからです」

幸右衛門はそのときのことを思い出したのか、目に涙を湛えていた。

終《つい》に行く道とはかねて聞きしかど、昨日今日とは思わざりしを……。

つと、おりきの脳裡に在原《ありわらのなりひら》業平の和歌が過《よ》ぎった。

過失により、義母《はは》を死に至《いた》らせてしまった勝彦……。

幸右衛門は母が生《な》さぬ仲の勝彦を我が腹を痛めたかのように慈《いつく》しんで育てたと知っているだけに、どうしても許すことが出来なかった。

が、三十年という永い歳月《さいげつ》を経《へ》て、自らの偏狭《へんきょう》さに気づいた幸右衛門が勝彦の行方を捜し謝ろうとした矢先、勝彦はまたしても手の届かないところに去ろうとしていたのであるから、幸右衛門の心痛はいかほどのものであったか……。

再会したそのとき、別れの秋《とき》が迫っていることを悟り、せめて残された秋《とき》を自分の傍でと思い、商いを顧《かえり》みずに看病を続けた幸右衛門……。

が、またしても、いや、今度は完全に、幸右衛門の前から勝彦が姿を消してしまったのである。

おりきには、幸右衛門が勝彦のことを掌の月に譬《たと》えた気持がよく解った。

それほど、この兄弟は儚《はかな》げな糸で結ばれていたのである。

それだけに、勝彦が幸右衛門の心に落としていった置き土産《みやげ》は重く、鬱々《うつうつ》とした想いが拭《ぬぐ》えないのであろう。

「吉野屋さま、ご自分を責めてはなりません。おまえさまは充分に勝彦さんにお尽くしなさいました」

おりきには、それだけいうのが筒一杯《つついっぱい》だった。

「ああ、解ってる……」

幸右衛門は辛そうに片頬で笑った。

幸右衛門が京に向けて出立したのは、その日の昼前であった。

「女将、大番頭、巳之吉、世話になりましたね」

幸右衛門は骨壺を大事そうに抱え、四ツ手（駕籠《かご》）に乗った。

「道中、ご無事で……」

「旦那、年内に是非またお越し下せえ！」

「この次お見えになった折には、腕に縒《よ》りをかけて料理を作らせてもれェやすんで……」

巳之吉がわざわざ街道まで出て、客を見送るのは珍しいことだった。

「ああ、皆、有難うな！」

四ツ手の中から、幸右衛門が三人に目まじしてみせる。

そうして、三人は四ツ手の後棒《あとぼう》の背が見えなくなるまで街道に佇んでいた。

「寂しくなりやしたね」

巳之吉がぽつりと呟く。

「あっしは旦那がやけに寂しそうだったのが気になりやしてね。と言うか、身体が一廻りも小さくなったみてェで……。影が薄くなったといったほうがいいかもしれねえが……」

達吉のその言葉に、おりきの胸がき、や、り、と揺れる。

「大番頭さん！　縁起でもないことを言わないで下さいな」

おりきが鋭い目で制すと、達吉はバツが悪そうに首を竦めてみせた。

が、現金なもので、帳場に戻ると達吉は早くも帳付《ちょうづけ》や金勘定《かねかんじょう》を始めた。

「結句、吉野屋の旦那は十二日間の滞在となったわけでやすが、此度は途中から茶室に移ってもらい、食事もまともに摂られたのは数回といった按配《あんべえ》だったもんで、宿賃は半分でいいと言ったんでやすよ。ところが、旦那はいつもと同じように取ってもらわないと心苦しいと言って、頑として、一旦出した金を引っ込めようとなさいやせんで……。あっ、そうだ、それればかりじゃねえんだ！　皆に迷惑をかけたと、宿賃の他に心付を……」

達吉が思い出したといった顔で、袂《たもと》から紙包みを取り出す。

達吉は紙包みを解《ほど》き、なんと、これは……、と絶句した。

おりきが怪訝《けげん》な顔をする。

「見て下せえよ、女将さん！　三両もありやすぜ」

えっと、おりきは目を瞬いた。

大した持て成しをしたわけでもなく、十二日分の宿賃を額面《がくめん》通りに受け取るだけでも心苦しいというのに、心付に三両とは……。

恐らく、迷惑料という意味合いが込められているのであろうが、それにしても……。

「どうしやす？」

「………」

おりきには返す言葉がなかった。

思うに、幸右衛門はおりきに渡すとやんわり断られると思い、それで達吉の耳許に、心付だ、と囁いて袂に紙包みを滑り込ませたのに違いない。

達吉もまさか三両も入っていると思わないものだから、すんなり受け取ったのであろう。

だが、今さら四ツ手を追いかけて、突き返すわけにもいかない。

「仕方がありませんね。では、この次来られたときの宿賃に充《あ》てることにして、お預かりしておきましょう」

おりきはそう言ったが、そんなことで幸右衛門がすんなりと承諾するような男でないことを知っていた。

「あっ、それがようござんすね……。それにしても、吉野屋の旦那の気扱《きあつかい》には頭が下がりやす。何をやらせてもそつがなく、痒《かゆ》いところに手が届くようで、案外《あんげえ》、勝彦さんもそんな兄貴についていけなかったのかも知れやせんね」

そうなのかもしれない……。

勝彦は下借腹の子だからといって拗《す》ね者になったわけではなく、何をやらせても非の打ち所のない幸右衛門に気後れし、畏怖《いふ》したがために自棄無茶になったのかもしれない。

が、そうだとしても、それは幸右衛門のせいではなく、二人が陰と陽といった正反対の宿命《さだめ》にあったからであろう。

ああ……、幸右衛門もそのことに気づいたのだ……。

だから、手に結ぶ水に宿れる月影の……、と紀貫之の和歌を引き合いに……。

「掌の月……」

おりきは口に出して呟いた。

「えっ、なんのことでやすか？」

達吉が目をまじくじさせる。

「いえ、なんでもありません……」

おりきは狼狽え、軽く咳《しわぶき》を打つと、

「お茶を淹れましょうか」

と微笑んでみせた。

指切り

カタカタと下駄音《げたおと》がしたかと思うと、腰高障子《こしだかしょうじ》が荒々しく開かれ、幸助《こうすけ》と和助《わすけ》が土間に飛び込んで来た。

「おいらの勝ち！」

幸助が鼻柱《はなばしら》に帆《ほ》を引っかけたような顔をして、拳《こぶし》を突き上げてみせる。

「違うもん！　おいら、あんちゃんと同時だったもん……。ねっ、おっかさん、そうだよね？」

和助が厨《くりや》で夕餉《ゆうげ》の仕度《したく》をするおまきに訊《たず》ねる。

おまきは里芋《さといも》の皮を剝《む》きながら、ちらと振り返り肩を竦《すく》めた。

「さあ、どうだったかしらね……。おっかさん、よく見ていなかったから……」

「ほれ、みな！　おいらのほうが一歩早く中に入《へえ》ったんだからよ」

幸助がそう言うと、

「違うよ！　同時だったもん。嘘《うそ》だと思ったら太助《たすけ》に訊《き》いてみるといい……。なっ、太助、おいらのほうが先だったよな？」

と和助が太助の顔を覗《のぞ》き込む。

二人の兄を出迎えようと入口まで歩いてきた太助は、和助の剣幕《けんまく》に気圧《けお》されたようにとほんとしていたが、慌ててこくりと頷《うなず》いた。

「ほれ、みなよ。太助もおいらが先だと言ってるじゃねえか！」

「何言ってやがる！　太助、あんちゃんのほうが先だよな？」

今度は、幸助が太助の顔を覗き込む。

すると、またしても、太助はこくりと頷いた。

土台《どだい》、三歳の太助にほぼ同時に駆け込んで来た兄二人のどちらの脚《あし》が一歩早かったか判断しろというのが無理な話である。

おまきが前垂《まえだ》れで手を拭《ぬぐ》いながら、上がり框《かまち》に寄って来る。

「さあさ、今日の勝負は引き分けだ！　それより、おまえたち、お腹《なか》は空《す》いていないのかえ？」

「空いた！」

「おっかさん、今日の小中飯《こじゆうはん》（おやつ）は何？」

いかいかい、つがもない（莫迦莫迦《ばかばか》しい）……。

一瞬漂《ただよ》った剣呑《けんのん》な空気も、食い物の誘惑には敵《かな》わないとみえる。

「今日はさ、おまえたちが手習所から戻って来るまでに、おっかさん、栗《くり》を茹《ゆ》でておこうと思ってたんだけど、間に合わなかったんだよ。それで、栗は夕餉の栗飯《くりめし》に使うことにして、小中飯には木戸番小屋の焼芋《やきいも》はどうかと思ってさ」

焼芋という言葉に、幸助や和助ばかりか、太助までが目の色を変える。

「ヤッタ！　焼芋だぜ、焼芋！」

「おいら、食いたかったんだ、焼芋」

「ター坊も焼芋、食いてエ……」

おまきはくくっと肩を揺《ゆ》すった。

やはり、子供は焼芋が大好きとみえる。

九月の声を聞くと同時に、各町内の木戸番小屋では焼芋の壺《つぼ》に火が入り、これも秋の風物詩《ふうぶつし》の一つであった。

木戸を潜《くぐ》ると芋の焼ける匂《にお》いがぷうんと鼻を衝《つ》いてきて、大人でも思わず生唾《なまつば》を呑《の》みそうになる誘惑には抗《あらが》えないのだが、ましてや子供ときたら……。

幸助や和助も誘惑に抗えないその手合いとあって、おまきは四、五日前から子供たちに焼芋を買ってくれとせがまれていたのである。

が、おまきが位牌《いはい》師《し》春次《はるじ》の後添《のちぞ》いに入って、一年と少し……。

おまきはいきなり四人の子の義母《はは》となったわけだが、これまで、子供たちの口に入るものは極力《きょくりょく》自分の手で作ろうとしてきたのだった。

江戸の物売りにはさまざまな種類があって、狐の飴《きつねのあめ》売り、おじいが飴売り、花林糖《かりんとう》売り、団子《だんご》売り、他にも様々……。

彼らはただ売るだけでなく、狐の飴売りなどは長い尻尾《しっぽ》のついた股引《ももひき》を穿《は》いて狐の形《なり》をし、子供が飴を買うと、奇妙《きみょう》きてれつな狐踊《きつねおど》りをしてみせる。

さあ、踊ります、踊ります。おォい、こんこんよ、飴をくんねえ、ざまを見ろ、誰が怖がるもんか、止《よ》しねえ、飴と見て馬の糞《くそ》かもしれねえのによ……。

子供たちは腹を抱《かか》えて笑い、まだ飴を買っていない子供までが、おいらも、あたしも……、と競《きそ》うようにして飴を買っていくのだった。

一方、おじいが飴売りは、三間梁《さんげんばり》と呼ばれる大形な飴が一本四文と下直《げじき》なのが魅力で、おじいが飴、おじいが来たぞ、三間梁一本四文、素敵《すてき》に長いおじいが飴が来たぞ、と売り声を上げる。

これでは子供たちの心が騒ぐのも道理というもので、おまきはこれまで子供たちの買い食いを懸命《けんめい》に阻止《そし》しようとしてきたのだった。

今日も担《にな》い売りの籠《かご》の中に大粒の栗を見つけ、迷わず求めた。

まずは、今日の小中飯に茹で栗を……。

そして、残りは栗飯にして、それでも余るようなら、甘煮《あまに》にしておけば日保《ひも》ちがするので暫《しばら》くは食べられる。

ところが、おまきは八ツ半（午後三時）には終わるはずだった洗い張りに手間取ってしまい、子供たちが帰宅するまでに栗を茹でることが出来なかったのである。

さあ、困った、どうしよう……。

そう思ったとき、四、五日前に子供たちが焼芋をせがんでいたのを思い出したのである。

九里《くり》より美味《うま》い十三里半《じゆうさんりはん》……。

そうだよ、芋なら滋養《じよう》もあるし、腹持ちもよい！

おまけに、飴が一本四文なら、焼芋も四文……。

同じ四文ならば焼芋のほうがいいに決まっている……。

それで急場凌《きゆうばしの》ぎに焼芋をと言ってみたのだが、子供たちのこの悦《よろこ》びようはどうだろう。

「じゃ、幸助ちゃん、和助ちゃんと一緒に買って来てくれる？」

おまきが帯の間から小銭入れを取り出し、穴明《あなあ》き銭（四文）を六枚手渡す。

「いいかえ、一人一本ずつ……。おや、お京《きょう》ちゃんは？　一緒じゃなかったのかえ？」

おまきが訝《いぶか》しそうに言うと、幸助が、おいら、知らねえ！　とぺろりと舌を出す。

と、そこに、お京が戻って来た。

お京は幸助と和助を認めると、きっと睨《にら》みつけた。

「おっかさん、叱《しか》ってやってよ！　こいつら、お師《し》さんに清書《せいしょ》を渡さないで戻って来ちまったんだよ」

おやおや、お京はいつの間におまきのことをおっかさんと呼ぶようになったのであろうか……。

おまきが下高輪台《しもたかなわだい》の仕舞《しも》た屋に入ったばかりの頃、お京は父親《てておや》が後添いを貰《もら》うことが面白《おもしろ》くなかったようで、おまきに対して悉《ことごと》く盾突《たてつ》いてきたのだが、おまきの子供たちに対する真摯《しんし》な態度に次第に頑《かたく》なだった心も解《ほぐ》れ、当初はおばちゃんとも呼ばなかったというのに、いつの間にか、おまきさん、と名前で呼ぶようになり、そして、現《い》在《ま》ではおっかさんと……。

もしかすると、昨年、亀蔵《かめぞう》親分の孫みずきの帯解《おびとき》の祝いを八文屋《はちもんや》ですることになった折、当時五歳だった和助の袴着《はかまぎ》も一緒にと亀蔵が言い出したため、おまきは帯解も袴着も祝ってもらっていないというお京や幸助のために、自分の袷《あわせ》を質《しち》に入れて古手《ふるて》屋《や》で晴着《はれぎ》を求めてやったのであるが、そのことで、おまきとお京の矩《のり》が一気に縮《ちぢ》まったのかもしれない。

女《おな》ごにとって、晴れやかな着物を身に着《つ》けることほど嬉《うれ》しいことはない。

おまきはお京の心をしっかと摑《つか》んだのである。

おまきは幸助と和助が手習の途中で指南所を抜け出したと聞き、えっと、驚いたように二人を見た。

「本当なの？」

「…………」

「…………」

幸助と和助が潮垂《しおた》れる。

「何故《なぜ》そんなことをしたのさ」

「だって、おいらが清書した半紙に、和助が悪さをしたんだもの……。せっかく上手《うま》く書けたと思っていたのに、ちょいとおいらが横を向いたその隙《すき》に、こいつ、へのへのもへじの落書《らくがき》を書いちまって……」

「あんちゃんも仕返ししたじゃねえか！　おいらの清書にもバカって書いただろ？」

まあ……、とおまきが目をまじくじさせる。

たいもない悪戯《いたずら》とはいえ、師匠に叱られるのを懼《おそ》れ、無断で手習所を抜け出してきたとはどっとしない（感心しない）。

「それで、お師さんはなんて？」

お京は首を竦めた。

「こいつら、恐らくお師さんに叱られるのが怖くて逃げ出したんだろうが、お師さんはね、清書に落書をするのは褒《ほ》められた話じゃないが、それより黙って逃げ出したことのほうがもっと悪い、帰ったら弟たちによく言って聞かすようにって……。ああ、そうだ、こうも言ってた。この次、こんなことをしたら退所してもらうことになるって……。あたし、まるであたしが叱られてるみたいで、恥ずかしくって堪《たま》らなかったんだからね！」

「そうだよね。お京ちゃんが怒るのも当然だ。さっ、二人とも、姉ちゃんに謝るんだよ！　それから、明日、手習所に行ったら、朝一番に、お師さんに頭を下げるんだよ。いいね、解《わか》ったね？」

おまきに言われ、和助が怖《お》ず怖ずと上目《うわめ》遣《づか》いにおまきを窺《うかが》う。

「おいら、ちゃんと謝る。だから、焼芋を買いに行ってもいい？」

おまきは呆《あき》れ返ったような顔をしたが、つい可笑《おか》しさが込み上げてきて、くすっと肩を揺すった。

「和助ちゃんたら……。はいはい、解ってますよ。ちゃんと明日謝ると約束したら、焼芋を買って来てもいいわ」

「ヤッタ！」

「ヤッタ！」

幸助と和助が安堵《あんど》して歓声を上げると、太助までが燥《はしゃ》いだようにパチパチと手を叩《たた》く。

「バッカみたい！」

お京は不貞《ふて》たように背を向け、二階へと上がって行った。


「なんだかやけに騒がしかったが、一体《いってえ》どうしたって？　おっ、水をくんな！」

仕事場から出て来た春次に声をかけられ、おまきが驚いたように振り返る。

「ああ、驚いた……。いえね、幸助ちゃんと和助ちゃんが手習の途中で指南所を抜けだして来ちまったんですよ。はい、お水……」

　おまきが水甕《みずがめ》の水を柄杓《ひしやく》に掬《すく》い、春次に差し出す。

「おっ、済まねえ……」

　春次は美味《うま》そうに喉《のど》を鳴らして水を飲むと、

「途中で指南所を抜け出したって？　一体《いってえ》、何故《なぜ》そんなことを……」

　春次が柄杓をおまきに返すと、訝しそうな顔をする。

「なんでも、和助ちゃんが幸助ちゃんの清書に落書したそうで、それで、幸助ちゃんが仕返しをしたんだけど、清書をそんなに汚したんじゃお師さんに叱られるとでも思ったんでしょうね。それで、黙って抜けだして来ちまったんですよ。でも、二人とも悪かったと後悔していますんで、叱らないでやって下さいね」

「誰が叱るかよ……。餓鬼《がき》の頃はそのくれェの悪さは誰だってする。そうやって、皆、大きくなっていくんだからよ。で、子供たちはどこにいるんでェ」

　春次はさほど広くもない茶の間を見廻《みまわ》すと、二階を指差した。

「いえ、二階にはお京ちゃんがいるだけで……。現在《いま》、男の子たちは小中飯の焼芋を買いに行ってるんですよ」

「焼芋？　ああ、そうけえ……。太助も一緒に行ったのか」

「ええ、あの子、上の子たちが手習所に行っている間、一人でお留守番でしょう？

やっぱり寂《さみ》しいんでしょうね。それで、兄ちゃんたちが戻って来ると、片時も傍《そば》を離れたがらなくて……」

「そうけえ。じゃ、明日から太助も手習所に連れて行けばいいじゃねえか」

まさか……。

おまきは啞然《あぜん》とした。

いかに子供に関心がないといっても、父親《ておや》なら、三歳の子が手習指南所に行けるかどうか解っていてもよさそうである。

お京、幸助、和助の三人が吉村倫之助《よしむらみちのすけ》という浪人の許《もと》に通い始めたのは、今年二月の初午《はつうま》から……。

その時点で、お京は十一歳、幸助が九歳、和助六歳であったが、通常、五、六歳から手習所に通い始めることを思えば遅すぎるくらいである。

しかも、それはおまきが何を始末してでも三人を通わさなければならないと春次に進言《しんげん》したからであり、おまきがこの家に後添いとして入らなければ、未《いま》だに三人は不文字《ふもじ》（読み書きが出来ない）のままだったのである。

春次という男は位牌師としてはすこぶるつきの腕をしているが、凡《およ》そ、人付き合いが悪く口重《くちおも》で、それが他人《ひと》に対してだけでなく、我が子に対してもそうなのであるから始末に悪い。

が、心根《こころね》の優《やさ》しさは人並《ひとな》み以上で、胸の内では子供たちのことを思っていても、それが言葉や態度に素直に出て来ないのだった。

おまきには、春次の胸の内が手に取るように解っていた。

春次は自分の欠点を知っていて、おまきに目となれ口となれと言っているのである。

それ故《ゆえ》、おまきは春次の優しい言葉を期待していなかった。

と言うのも、語らずとも、春次のおまきへの想《おも》いが伝わってくるからである。

おまきは現在《いま》ほど男に抱かれて眠ることの幸せを感じたことはない。

それは、岡崎《おかざき》でおさすり（表向きは下女、実は妾《めかけ》）をしていた頃にも、駆け落ちの末捨てられた幼馴染《おさななじみ》の悠治《ゆうじ》にも、決して感じたことのないものだった。

あたしはこの男《ひと》の目となり耳となり、口となろう……。

そして、四人の子を我が腹を痛めた子のように慈《いつく》しむんだ……。

おまきはそう思っているのだった。

「嫌《いや》だァ、おまえさん！　太助ちゃんはまだ三歳だよ。せめて、和助ちゃんくらいの歳《とし》にならないと指南所には行けないんだからさ……」

おまきがそう言うと、春次は、おっ、そうなのか……、と初めて知ったという顔をして、仕事場に戻って行った。

するとと、入れ違いに二階からお京が下りて来た。

「幸助たちは？」

「木戸番小屋まで焼芋を買いに行ったよ」

「太助も一緒に？」

「ええ……。どうしても一緒について行くって聞かないもんでね。お京ちゃんも一緒に行けばよかったのに……」

「嫌だよ、あたしは！」

「そうだよね。これまで、お京ちゃんは太助ちゃんの母親代わりをしてきたんだもんね。これからは、普通の女ごの子みたいにお稽古事《けいこごと》をしたり、女ごの子同士で遊んだりしてみたいよね？　それで、何か習いたいものでもあるのかえ？　あるんだったら、あたしからおとっつァんに頼んでやってもいいよ」

えっ……、とお京が驚いたように目を瞬《しばたた》く。

どうやら、おまきの口から習い事の話が出るとは思っていなかったようである。

「…………」

「どうしたえ？　まさか、月並銭《つきなみせん》（月謝）のことを案じてるんじゃないだろうね？

大丈夫だよ。おとっつァんは位牌師として右に出る者がないほどの腕をしているんだもの、お稽古事の一つや二つ……。それに、去年作った借金は、とっくの昔に皆《みな》に（完済）なっているからさ！　それとも、いきなりのことで、自分が何を習いたいのか判《わか》らないのかえ？」

「いきなり言われても……。やってみたいことがやまほどあって、一体自分が何をやりたいのかよく判らない……」

おまきはアッハッハ、と笑った。

「じゃ、ゆっくり考えるんだね」

おまきがそう言ったときである。

幸助と和助が息せき切って土間に駆け込んで来た。

「おっかさん、どうしよう……」

「太助が……、太助がどこにもいねえ……」

えっと、おまきとお京が顔を見合わせ、慌てて上がり框に寄って行く。

「どこにもいないって、それはどういうことなのさ！」

「幸助の莫迦！　おまえ、兄ちゃんなのに、太助の手を引いていなかったのかえ？」

おまきとお京に責め立てられ、二人はしおしおと首を垂《た》れた。

「木戸番小屋で焼芋を買うときまでは傍にいたんだ……。おいらが金を渡して、和助が焼芋を受け取って……。そしたら、木戸の外で狐の飴売りが狐踊りを始めたもんだから……」

幸助がそろりとおまきを窺う。

「狐踊りを観《み》に行ったというんだね」

「…………」

「…………」

「黙ってちゃ判らないじゃないか！　そのとき、太助は傍にいたんだね？」

お京が甲張《かんば》った声を上げ、和助の肩をゆさゆさと揺する。

「いたような……、いなかったような……」

和助が心許《こころもと》ない声を出す。

「いや、いたんだよ。おいら、太助が女ごの子が買った飴を物欲《ものほ》しそうに眺《なが》めているのを見たもん……。それなのに、狐踊りが終わって、さあ、帰《けえ》ろうか、と振り返ったら、太助の姿がどこにもなかったんだ……」

幸助が今にも泣き出しそうな顔をする。

「どこにもなかったって……。じゃ、太助が物欲しそうに見てたって女ごの子は？

その娘《こ》はいたのかえ？」

　お京が気を苛《いら》ったように言う。

「いたよ。だから、おいら、訊いたんだ。おめえの傍にいた三歳くれェの男の子を知らねえかと……」

「そうしたら？」

　おまきが焦《じ》れったそうに幸助の顔を覗き込む。

　幸助の目に瞬《また》く間に涙が盛り上がった。

「そんな子、知らねえって……」

　おまきは仕事場に向かって声を張り上げた。

「おまえさん、おまえさんってば！」

　春次が何事かといった顔をして出て来る。

「太助ちゃんが迷子《まいご》になったんだよ！」

「迷子？　幸助と和助がついていて、なんでそんなことになるんだよ……」

　春次には今ひとつ事情が呑《の》み込めないとみえ、目をまじくじさせている。

　おまきが幸助たちから聞いた話をしてやると、やっと何があったのか解ったようで、春次は不安そうに眉根《まゆね》を寄せた。

「あたし、これから自身番に行って来るんで、お京ちゃんはおとっつァんと一緒にもう一度木戸番の近くを捜《さが》してみておくれ」

おまきがそう言うと、幸助と和助が、おらたちは？　と声を揃《そろ》える。

「そうだね。自身番に説明するために、幸助ちゃんはあたしと一緒に来たほうがいいね。和助ちゃんはおとっつァんやお京ちゃんについて行きな」

が、春次が、いや、待てよ……、とそれを制した。

「俺《おり》ャ、亀蔵親分に知らせて来らァ……」

おまきがあっと息を呑む。

「おまえさん、まさか、お廉《れん》さんが太助ちゃんを連れてったと……」

お廉という名に、お京の顔からさっと色が失《う》せた。

「いや、そりゃ判らねえ……。が、万が一ってことも考えておかなきゃなんねえからよ。とにかく、おまきは下高輪台の自身番に知らせるんだ。案外《あんげえ》、もう誰かに保護されているかもしれねえからよ。お京、おとっつァんは車町《くるまちょう》の親分の許《もと》にひとっ走りしてくるから、おめえは和助を連れて心当たりを捜すんだ！　いいな、見つかっても見つからなくても、半刻《はんとき》（一時間）後にはここに戻るんだ。今度はおめえたちが行方不《ゆくえふ》明《めい》ってんじゃ目も当てられねえからよ」

春次はてきぱきと指示を与えると、仕舞た屋を飛び出して行った。

日頃は寡黙《かもく》で優柔不断《ゆうじゅうふだん》な春次にしては、珍しいこともあるものである。

やはり春次も父親《てておや》で、やるときにはやる男……。

おまきは春次の別の顔を見たように思い、見直したとばかりにその背を目で追った。


「三歳くれェの男の子がいなくなったって？　いや、ここにはそれらしき届けは出てねえがよ」

自身番の店番《たなばん》と当直の大家は、なあ？　と顔を見合わせた。

「上の子たちの話では、木戸番小屋で焼芋を買って、たまたま通りすがった狐の飴売りの狐踊りを見物するところまでは傍にいたそうなんですよ。ほら、狐の飴売りが来ましたでしょう？」

おまきが縋《すが》るような目で店番を見る。

「ああ、そう言ャ、確かに来ていたな。まっ、俺ャ、わざわざ外に出て観たわけじゃねえがよ……」

店番が木で鼻を括《くく》ったように言う。

「狐の飴売りについて行ったんじゃないか？」

五十路《いそじ》絡《がら》みの大家が煙管《きせる》を吹かしながら太平楽《たいへいらく》に言う。

「違う！　ついてったんじゃねえ……。おいらが太助がいねえのに気づいたとき、狐の飴売りはまだそこにいて、子供たちに飴を売ってたもん！」

幸助が怒りに満ちた目をして、大家を睨《ね》めつける。

「おお、怖《こわ》っ！　なんだえ、その目は……。弟から目を離したのはおまえだというのに、あたしたちに怒りをぶっつけるとはよ。大体、親は子にどんな躾《しつけ》をしているんだか……」

その言葉におまきは業《ごう》が煮《に》えるようだったが、そこはぐっと胸を押さえ、頭を下げた。

「そうですか、解りました。では、迷子の届け出がありましたら、すぐさま、下高輪台の位牌師春次の家に知らせて下さいませ。あたしはもう少しこの辺りを捜してみますので……」

「ああ、届け出があったら、すぐに知らせるよ。そうかえ、おまえさんが位牌師春次さんの後添いとな……」

大家がおまきの頭の先から爪先《つまさき》まで睨め下ろす。

おまきはもう一度頭を下げると、幸助の背を押すようにして表に出た。

刻《とき》は既《すで》に七ツ半（午後五時）近くになるのだろうか、夕陽を受け、表通りが茜色《あかねいろ》に染まっていた。

おまきはその脚で、向かいの木戸番小屋へと急いだ。

「ちょいとお訊ねしますが、半刻ほど前に、この子がここで焼芋を買ったのを憶《おぼ》えていらっしゃいますか？」

おまきが声をかけると、奥から木戸番の女房が前垂れで手を拭いながら出て来て、幸助の姿を見るや、

「ああ、坊《ぼう》は確か焼芋を六本買ってった……。一本おまけしてやろうかと言ったら、兄弟喧嘩《きょうだいげんか》になるからいいと断ったよね？　それでどうした？　もう食っちまったのかえ」

と言った。

幸助が狼狽《うろた》える。

そう言えば、太助がいなくなったと仕舞た屋に駆け込んで来たとき、幸助も和助も焼芋を持っていなかった。

「幸助ちゃん、焼芋は？」

おまきが訊ねると、幸助はますます挙措《きょそ》を失った。

「確か、幸助ちゃんも和助ちゃんも家に戻ったとき、焼芋を持っていなかったと思うんだけど……。えっ、なくしちまったのかえ？」

幸助は気恥ずかしそうに俯《うつむ》いた。

どうやら、太助がいないのに動転してしまい、焼芋をどこかに置き忘れたらしい。

無理もない。

なんと言っても、二人はまだ九歳と六歳の子供なのである。

太助がいないことですっかり恐慌《きょうこう》を来《きた》してしまい、焼芋のことが吹っ飛んでしまったとしても不思議はない。

おまきはふうと肩息《かたいき》を吐《つ》くと、木戸番の女房に目を据《す》えた。

「この子が焼芋を求めたとき、弟たち、いえ、六歳と三歳の男児が、この子の傍にいたのを憶えていますか？」

「ああ、憶えているよ。小っちゃい弟が真ん中の兄さんの手をしっかと握《にぎ》り締《し》めていてね……。あたし、息子があのくらいの年頃に流行風邪《はやりかぜ》で亡くなっちまったもんだから、なんだか懐《なつ》かしくってさ。坊、幾《いく》つだえって訊くと、小っちゃな指で三歳だと教えてくれてね……。その子がどうかしたのかえ？」

それが……、とおまきは辛《つら》そうに顔を曇《くも》らせた。

「上のあんちゃんたちが狐の飴売りの踊りに見入ってる最中に、姿を消しちまったんですよ。現在《いま》、手分けして捜し、自身番にも問い合わせてみたんだけど、どこにもいなくって……」

「まっ、そりゃ大変じゃないか！　けど、おまえさん、自身番なんか頼ったって当てにはならないからね。あいつら、届け出があって初めて動くんだからさ……。それに、店番たちが自《みずか》ら足を棒にして捜してくれるわけじゃなく、せいぜい、お触《ふ》れを町内に廻《まわ》してくれるだけ……。それより、車町の親分に直接届け出るか、石の道標《みちしるべ》に貼紙《はりがみ》を出すことだね」

木戸番の女房が気の毒そうな顔をする。

石の道標というのは江戸の各所に設《もう》けられた掲示石《けいじせき》のことで、迷子を出した親が石の片側に子供の名前、歳、特徴、連絡先を書いた紙を貼り、反対側の面に、迷子を保護した者が、こういう子を見掛けてどこそこで預かっている、と情報を記《しる》した紙を貼るのである。

だが、それで見つかれば物怪《もっけ》の幸いというもの……。

子攫《こさら》いに遭《あ》ったとか、海や川に落ちて溺死《できし》といった最悪の場合も考えなくてはならないのである。

ああ……、とおまきは目の前が真っ暗になった。

と、そこに、付近を捜し歩いていたお京と和助が戻って来た。

「見つからなかったんだね？」

おまきがそう言うと、お京は思い詰めたような顔をして頷いた。

「あたし、おとっつァんが言ってたことが気になって……。もしかしたら、あの女《ひと》が太助を連れ去ったのかもしれない。ううん、きっとそうなんだ！」

お京が憎体《にくてい》に言う。

「お京ちゃんはお廉さんのことを言ってるんだろうけど、幸助ちゃんも和助ちゃんもお廉さんの姿を見ていないんだよ。ねっ、そうだよね？」

おまきが幸助を窺う。

幸助は慌てて頷き、なあ？　と和助に相槌《あいづち》を求める。

が、お京はムキになった。

「どこかに隠れていて、この子たちの行動を窺っていたのかもしれないじゃないか！　そうしたら狐の飴売りがやって来たもんだから、幸助たちが飴売りに気を取られている隙に、太助だけ連れてったのかもしれない……」

お京はそう言ったが、ではなぜ、お廉は男の子たちが木戸番小屋に行くことを知っていたのだろうか……。

どう考えても、お京の推論には無理がある。

とは言え、お京がそう思うのも一理《いちり》あった。

お廉は春次の三番目の女房である。

春次という男は凡そ女房運の悪い男で、お京と幸助の母親である最初の女房に死なれたかと思うと、二番目の女房にも和助を遺《のこ》して死なれ、三番目の女房お廉は太助を産《う》んだ後、まだ乳離《ちばな》れしない太助を置き去りにして、間男《まおとこ》の後を追って出て行ってしまったのである。

お廉は一膳飯屋《いちぜんめしや》の小女《こおんな》をしていた女ごであるが、男手ひとつで三人の子を育てる春次に甘い言葉を囁《ささや》き、後添いの座に収まった。

位牌師ならほどほどの暮らしが出来、小金に不自由することはないと踏み、敢《あ》えて三人の子の義母《はは》になることを選んだのであろうが、お廉の目論見《もくろみ》は見事に外《はず》れた。

春次は仕事ひと筋の男で、口重……。

おまけに、当時七歳だったお京の陰湿《いんしつ》な嫌がらせときたら目に余るものだった。

が、お京がそうするにはそれなりの理由《わけ》があり、幸助や和助を継子《ままこ》苛《いじ》めするお廉への抗いが、嫌がらせとなって出たのである。

お廉は再々内を外にするようになり、家から持ち出した金のすべてを使い果たし戻って来ることを繰《く》り返し、太助を産んで半年後、遂《つい》に男の後を追って家を出て行ってしまったのである。

春次はそれでもお廉が再び戻って来るのではなかろうかと待った。が、太助が二歳を迎えた頃、意を決して人別帳《にんべつちょう》からお廉の名を抜き、仲人嬶《なこうどかか》に言われるまま後添いを貰うことにしたのである。

仲人嬶が後添い話を持って来た相手は、品川宿門前町《もんぜんちょう》の立場《たてば》茶屋《ぢゃや》おりきで茶立女《ちゃたておんな》を務《つと》めるおまき……。

聞くと、おまきも今日《こんにち》に至《いた》るまで数々の辛酸《しんさん》を嘗《な》めてきたというが、互いに臑《すね》に傷を持つ者同士、案外甘《うま》くいくかもしれない……。

仲人嬶の言葉は、まんざら仲人口《なこうどぐち》ではなかった。

おまきは子供たちが自分のことを解ってくれるまでお端女《はしため》と考えてくれてよいと言い、下高輪台の春次の家で共に暮らすようになったのであるが、次第に、頑《かたく》なだったお京の気持も解《ほぐ》れていったのである。

が、去年の六月のことである。

家を出て行ったきりだったお廉が、ふらりと春次の前に現れた。

どうやら金に困り、お廉はあわよくば元の鞘《さや》に収まるつもりでいたようだが、下高輪台の家には既におまきが……。

その時点では、おまきはまだ春次と祝言《しゅうげん》を挙《あ》げたわけではなかったが、春次は太助が二歳になったのを機にお廉を人別帳から抜いてしまったことや、近いうちにおまきを後添いに迎えるつもりでいることをお廉に打ち明けた。

「俺ャよ、それでも、これまでのようにおめえが有り金を使い果たし、食い詰めてふらりと戻って来るんじゃねえかと思ってたんだ。ところが、この度《たび》は一月《ひとつき》経《た》っても二月《ふたつき》経っても戻って来ねえ……。おめえが出て行ったとき乳飲《ちの》み子だった太助が、今や幸助や和助と同じものを食ってるんだ。それで、もう二度とおめえは戻って来ねえと思い、仲人嬶の話に乗ったのよ」

「けど、まだあの女ごと祝言を挙げたわけじゃないんだろ？　人別帳に記載《きさい》されたわけでもないんだろ？　だったら、追い出しておくれよ！　あたしがここに戻るからさ……。太助はあたしが腹を痛めた子だよ？　実のおっかさんが傍にいるほうがいいに決まってるじゃないか！」

「実のおっかさんと思うのなら、何故、あのとき太助を置いて出ていった」

「それは……」

「酷《むご》いようだが、おめえにゃはっきり言ってやったほうがいいと思うから言うんだがよ。太助はおめえがいなくなっても、さほど寂しがらなかったぜ。お京が母親代わりとなって、あの小さな身体《からだ》でそりゃよく面倒を見てやったからよ。これが何を意味すると思う？　ここにいた頃から、おめえが子供たちに慕《した》われていなかったということじゃねえか……」

「子供たちに慕われなかったと言われても、仕方がないじゃないか！　お京が懐かないんだからさ。ううん、懐かないなんて生易《なまやさ》しいもんじゃない！　あの娘《こ》は心根が腐《くさ》ってるんだよ。ねちねちと陰湿な嫌がらせをしてさ。あたしがここに居辛《いづら》くなるように仕向けたんだからさ！」

「それはおめえが幸助や和助に継子苛めをするからじゃねえか。お京はよ、弟たちをおめえから護《まも》ろうと抗ったただけなのよ。おめえが優しい気持で接してやらなきゃ、子は懐かねえ……。それが証拠に、おまきさんには四人の子が懐いてるからよ。まだ、おっかさんとは呼ばねえが、傍《はた》で見てると、あれはもうすっかり母子《おやこ》の姿だからよ」

「お京も？　お京も懐いてるというのかえ？」

「ああ、そうだ」

お廉は悔しそうに歯嚙みした。

そうして、どうにもおまきに太刀打ち出来ないと見るや、窮鼠猫を嚙むとはまさにこのことで、開き直ったのである。

「ああ、そうかえ、解ったよ！　だったら、せいぜい鼻の下を伸ばしてりゃいいさ。正《まさ》な話、あたしもおまえや餓鬼どもに未練はないからさ。但《ただ》し、太助は返してもらおうか！　あの子はあたしが腹を痛めて産んだ子なんだからさ」

お廉の口からまさかそんな言葉が出ると思っていなかった春次は、息を呑んだ。

「太助を……。太助を連れてくってェのか！」

「ああ、そうさ。あの子はあたしの子だもの、当然じゃないか！」

「けど、俺の子でもあるんだ。姉弟《きょうだい》をばらばらにしていいはずがねえだろうが！」

お廉は、はン、と鼻で嗤《わら》った。

「太助がおまえの子だって？　唐人《とうじん》の寝言《ねごと》を……。あたしがおまえの後添いに入ったのは、おまえが腕のよい位牌師だったからで、この男と所帯を持てば食うに事欠《ことか》くことはないと思ったからじゃないか！　それでなきゃ、誰が三人もの瘤《こぶ》つき野暮天《やぼてん》になんか……。おまけに、ろくすっぽう会話らしい会話もなければ、閨《ねや》でのことは味も素っ気もない！　あたしゃ、毎度、おまえが早く果ててくれないかと、そればっかり考えてたよ……。だから、あたしが外に男を作ったって、おまえにゃ文句が言えないのさ！　何を隠そう、太助を孕《はら》んだときにも、あたしには別に男がいてさ。太助はおまえの子かどうか判らないんだよ。だが、あたしの子には違いない！　解ったかい？太助はあたしが貰っていくからね！」

春次は掌《てのひら》を握り締め、ぶるぶると全身で顫《ふる》えていたが、もうそれ以上は言わせないぞとばかりに、バシンと平手《ひらて》でお廉の頰《ほお》を打った。

「よくも打《ぶ》ったね！　何さ……、この糞《くそ》ったれが！」

お廉は摑《つか》みかかってきたが、春次はお廉の為《な》すがままに身を委《ゆだ》ね、衝き上げてくる怒りを鎮《しず》めようと懸命になった。

女ごの力が男に敵《かな》うはずがない。

あと一発、お廉を殴《なぐ》れば歯止めが利《き》かなくなると思ったのである。

虚《むな》しくて堪らなかった。

お廉をこんなふうにさせたのは、金以外には考えられない。

お廉は春次や太助が恋しくて戻って来たわけではないのである。

「金か……。金が要《い》るんだろ？」

そう言うと、お廉は待ってましたとばかりに乗ってきた。

お廉は二十両くれたら、二度と太助の前には現れない、今後一切《いっさい》、波風が立たないと思えば安いものではないか、と言った。

二十両は大金である。

腕のよい位牌師といっても、二十両もの大金をそうそう右から左へと動かせるものではない。

だが、春次は太助がこの世に生を受けたときから、我が子と思い大切に育ててきたのである。

太助が誰の胤《たね》でも構わない。

が、正真正銘《しょうしんしょうめい》、俺が育ててきた我が子だし、これでお廉と縁が切れるのなら……。

春次は意を決して、亀蔵親分とおりきに事情を説明し、二十両の金が作れるまでおまきとの祝言を延《の》ばしてほしいと頭を下げた。

「二十両なんて、そうそう右から左へと動かせる金ではありやせん。とは言え、太助はあっしの大切《てえせつ》な息子でやす。お廉は誰の子か判らねえと言いやしたが、太助はこの世に生を受けたときから、あっしが育ててきて、上の三人の子と変わりはしねえんだ。二十両で太助と縁を切ると言うのであれば、なんとしてでもその金を作らなきゃなんねえ……。そう思い、あれから得意先の仏壇屋《ぶつだんや》を廻り、手間賃の前払いとして幾らかでも融通《ゆうずう》してもらえねえかと相談してみたんでやすが、現在《いま》の時点ではやっと七両集まっただけで、まだ二十両には程遠《ほどとお》い……。けど、お廉との約束の期限までまだ間があるんで、なんとか金を掻《か》き集められるんじゃなかろうかと思って……」

そうして、春次は話を聞いて激怒する亀蔵に、こう言ったのである。

「止めて下せえ！　俺ャ、二十両が惜《お》しいわけじゃねえんだ。これでやっとあの女ごと縁が切れる、手切れ金だと思えば安いもんだと思ってやす……。それに、あいつ、すっかり面変《おもが》わりしちまって……。あそこまで尾羽打《おはう》ち枯《か》らし、露《つゆ》の蝶《ちょう》（美人の萎《しお》れた姿）と化した姿を見ると、間男と逃げたのはいいが、あんまし幸せな立行《たちいき》をしてこなかったに違《ちげ》ェねえと思ってよ……。束《つか》の間であれ、あれでも一時はあっしを夢の世界へと導《みちび》いてくれた女ごなんだ。そのくれェの金をやってもよいかと……」

亀蔵は開いた口が塞《ふさ》がらないといった顔をしたが、おりきには春次の気持が理解できた。

「解りました。わたくしにも春次さんの気持が解らなくありません。どんな仕打ちをされようと、一時は心底惚《しんそこほ》れきった相手ですものね。二十両で立ち直ってほしいと思うのは、春次さんのせめてもの温情《おんじょう》なのでしょう」

おりきはそう言い、改めて春次のおまきへの気持を確かめた。

春次には微塵芥子《みじんけし》ほども迷いがなかった。

「おまきさんもこれまでは泡沫《うたかた》の恋に破れてきたかもしれやせんが、あっしもお廉に惑《まど》わされていやした。ですから、お廉とのことは泡沫といってもよい……。本物ではなかったんでやすよ。けど、此度《こたび》は違う！　あっしはおまきさんの心に惚《ほ》れやした。あっしは口下手《くちべた》で、思ったことの半分も口に出して言えやせんが、きっと、あの女《ひと》にはあっしの心が通じていると思ってやす」

それを聞いて安堵したおりきは、春次が得意先を廻り、あと五両は掻き集められそうだと言うので、おまきに持参金として十両持たせることにしたのである。

と言うのも、これまでも、おりきは茶立女や女中を嫁に出す際、それぞれに持参金を持たせてきたのである。

おまきの持参金に十両とは些《いささ》か大盤振舞《おおばんぶるまい》だったが、金は必要に応じて使ってこそ意義があるというもの……。

それに、これで後腐《あとくさ》れなくおまきが嫁に行けるのであれば、こんなに目出度《めでた》いことはない。

そうして、二人の祝言は春次がお廉に金を渡す、約束の期限を過ぎてからということとになったのである。

金は亀蔵の立ち会いの下《もと》、二度と太助の前に姿を現さない、とお廉が一札《いっさつ》入れ渡された。

あれから、一年と三月《みつき》……。

それ故《ゆえ》、あとから春次にお廉との経緯《いきさつ》を聞いたおまきには、現在《いま》になって、お廉が太助を連れ去ったとはどうしても思えないのである。

おまきは困《こう》じ果てた顔をしてお京を見たが、ハッと思い出したように四囲《しい》を見廻した。

先程まで茜色だった空の色が失せ、町並全体がぼんやりと灰色がかって見えるではないか……。

「お京ちゃん、大変だ！　おとっつァんと約束した半刻を過ぎちまったよ。さっ、帰ろう！　案外、おとっつァんが太助ちゃんを見つけて連れて帰ってるかもしれないかららさ」

おまきが子供たちの顔を見下ろす。

「うん。おいら、腹減《へ》った！」

「おいらも！」

幸助と和助が声を揃える。

お京も渋々と頷いた。

下高輪台の仕舞た屋に戻ってみると、春次が上がり框に坐《すわ》り、何事か考え込んでいた。

「まっ、おまえさん、灯《あか》りも点《つ》けないで……。それで、どうでした？　親分はなんて……」

おまきが慌てて厨の竈《へつつい》から付木《つけぎ》に種火《たねび》を移し、行灯《あんどん》に灯《ひ》を入れる。

春次は蕗味噌《ふきみそ》を嘗《な》めたような顔をして、首を振った。

「親分が留守していたもんだから、おさわさんに事情を話し、親分が戻ったら伝えてくれるように頼んできた……。それで、おめえのほうはどうだったのよ」

「それがさ、自身番じゃ穀《ごく》に立たなくて（役に立たない）さ……。それらしき届け出があったらすぐに知らせてくれるように頼んできたんだけど、木戸番のかみさんが言うには、石の道標に迷子《まいご》札《ふだ》を貼りだしたほうがいいって……」

「迷子札……。そうか、その手があったんだ！　この近くで石の道標があるのは……」

春次が首を傾《かし》げる。

「成覚寺《じょうかくじ》の前《めえ》にあるよ！」

「札《ふだ》の辻《つじ》にもあるよ！」

「泉岳寺《せんがくじ》の傍にもあるじゃないか」

子供たちが口々に言う。

「ここから一番近《ちけ》ェところといったら、泉岳寺か……」

春次がそう言うと、お京が気色《けしき》ばんだように言う。

「迷子札を出すのもいいけど、あたし、絶対にあの女《ひと》が連れてったと思う！」

「あの女《ひと》って、お廉のことを言ってるのか……」

春次が驚いたようにお京を見る。

「だって、おとっつァんだってそう思ったから、親分に知らせに行ったんだろ？」

「そりゃまっ、そうなんだが……。けどよ、お廉が連れてったという推論には無理がある。第一《でえいち》、お廉はなんで男の子だけで焼芋を買いに行くと知ってた？」

「だからさ、あの女《ひと》、うちに来ようとして下高輪台の木戸を潜《くぐ》ったところで、幸助たちの姿を目にしたんだよ。それで、慌ててどこかに身を潜《ひそ》め、幸助たちがどうするか見てたんだよ」

「すると、そこに狐の飴売りが来て、子供たちが踊りに気を取られたその隙を見て、太助を連れてったと？　だがよ、お廉がいなくなったのは、太助が生後半年ってときだったんだぜ？　太助が母親の顔を憶えてるわけがねえ……。となると、太助は見知らぬ女ごに連れ去られたも同然で、黙ってついて行くとは思えねえからよ……」

「おとっつァんは日頃太助のことに無関心だからそう言うけど、あの子ね、気色《きしょく》悪いほど人懐《ひとなつ》っこくてさ……。誰にでも愛想《あいそ》を振りまくもんだから、あたし、太助の太鼓《たいこ》持《も》ちってからかってやったほどなんだよ」

太鼓持ちとは、なんともまあ……。

だが、おまきも思う。

おまきが初めて太助に逢《あ》ったのは二歳になったばかりの頃だったが、太助は人見知りをするわけでもなく、すぐにおまきに懐いてしまったのである。

おまきには、それが無意識のうちに身についてしまった太助の処世術《しょせいじゅつ》のように思えてならず、まだ頑是《がんぜ》ない子供だというのに……、と思わず胸を熱くしたのだった。

「太鼓持ちだなんて、おめえ……」

春次は後が続かず、絶句した。

するとそのときである。

「おまきさん、いるかえ？」

腰高障子の外から声がかかり、頭一つ分開いた障子の陰からおさわが顔を出した。

「おさわさん……」

「ああ、良かった！　やっぱ、帰ってたんだね。それで、太助ちゃんはまだ見つからないのかえ？」

「ええ……。今、石の道標に迷子札を貼り出そうかと言ってたところなんですよ」

「ああ、それがいいかもしれないね。ところで、夕餉の仕度は出来てるのかえ？」

「いえ、たった今戻って来たばかりで……。夕餉の下拵《したごしら》えをしている最中にこんなことになっちまって、まだ何も出来ていないんですよ」

「そんなことだろうと思って、こうめちゃんと二人して急拵《きゅうごしら》えで弁当を作ったから、食べておくれ！」

弁当という言葉に、幸助と和助の顔がぱっと輝く。

「ヤッタ！　弁当だ、弁当だぜ！」

「おいら、お腹がぺこぺこで目が廻りそうだったんだ！」

男の子たちがそう言うのも無理はない。

小中飯の焼芋をどこかに置き忘れ、今や、六ツ（午後六時）近くになっているのであるから……。

「済みませんねえ。助かります」

「おさわさん、済まねえな」

「なに、いいってことさ！　弁当といったって、見世《みせ》のあり合わせを詰めただけで、わざわざ作ったものといえば握り飯しかないんだからさ！　さっ、まずは腹拵《はらごしら》えだ。石の道標に迷子札を貼り出すにしても、腹が減っては戦《いくさ》が出来ないからさ。親分もおっつけ戻って来ると思うから、春次さんがさっき言ってたことを直接話してみるんだね……。あたしは悪いけど見世があるんで、これで戻らせてもらうからね。じゃ、おまきさん、くれぐれも気を落とすんじゃないよ。きっと見つかるからさ！」

おさわはそう言うと、手にした風呂敷包《ふろしきづつ》みをおまきに渡し、八文屋に戻って行った。

「お京ちゃん、じゃ、風呂敷包みを解《ほど》いて、箱膳《はこぜん》の仕度をしておくれ。おっかさんは朧昆布《おぼろこんぶ》で清《す》まし汁を作るからさ！」

幸い、長火鉢《ながひばち》にかけた鉄瓶《てつびん》の湯は沸《わ》いていた。

おまきは汁椀《しるわん》に朧昆布を千切《ちぎ》って入れ、醬油《しょうゆ》を数滴《すうてき》落とし湯を注《そそ》いでいった。

忙しいときに、朧昆布はまことに以《もっ》て重宝である。

重箱《じゅうばこ》の蓋《ふた》を開けた子供たちが、ワッと歓声を上げる。

二段重《にだんじゅう》の一つには握り飯が、もう一つにお菜《さい》が詰めてあるのだが、おさわが得意とする煮染《にしめ》は勿論《もちろん》のこと、平湿地《ひらしめじ》と三つ葉の胡麻和《ごまあ》え、鰯《いわし》の生姜煮《しょうがに》、きんぴら牛蒡《ごぼう》、南瓜《かぼちゃ》の旨煮《うまに》、高野豆腐《こうやどうふ》と椎茸《しいたけ》の含め煮、それに、なんと出汁《だし》巻玉子《まきたまご》までが……。

おさわはあり合わせと言ったが、出汁巻玉子は新《あら》たに作ったものだろう。

何故ならば、卵は一個二十文と高直《こうじき》で、八文屋のお菜には滅多《めった》に使うことが出来ないと、いつだったかおさわが零《こぼ》していたのを知っているからである。

「おいら、玉子焼がいい！」

子供たちのことを思ってくれる、おさわの気扱《きあつかい》におまきは胸を熱くした。

「おいらも！」

「莫迦だね！　皆、平等に分けるんだよ」

お京が小皿にお菜を取り分けていく。

「さあ、清まし汁が出来たからお上がり」

おまきが箱膳に汁椀を配っていく。

「おっ、これは……」

握り飯をぱくついた春次が、目をまじくじさせる。

子供たちの目が一斉《いっせい》に春次に注がれた。

「なんと、握り飯の中に塩鮭《しおざけ》が入ってるじゃねえか！」

春次が握り飯をしげしげと瞠《みつ》める。

子供たちも我先《われさき》にと握り飯に手を出した。

「あっ、おいらのはおかかだ……」

「おっ、酸《す》っぺェ！　なんだよ、おいらのは梅干《うめぼし》じゃねえか」

「じゃ、おとっつァんと同じ列のこれは鮭だね。ほら、当たりだ！」

お京が鼻柱に帆を引っかけたように言う。

「狡《ずり》ィや、姉ちゃん！」

「狡《ずる》くなんてあるもんか！　ほら、ごらんよ。この列が鮭で、この列がおかか、そしてここが梅干……。ちゃんと人数分入ってるじゃないか」

お京がひィふゥのみィと数えていく。

「けど、太助のが余っちまうね……」

和助がぽつりと呟《つぶや》いたその言葉に、皆は現実を突きつけられたようで、ウッと圧《お》し黙った。

日頃いるのが当たり前と思っていた家族が一人でも欠けると、こうまで心寂《うらさび》しいものなのであろうか……。


「まあ、そんなことがあったのですか……」

おりきは亀蔵から話を聞き、息を呑んだ。

「それで、太助ちゃんは見つかったのですか？」

「いや……」

亀蔵は苦虫《にがむし》を嚙《か》み潰《つぶ》したような顔をした。

「春次に呼ばれて、あの日、夕餉も摂《と》らねえまま下高輪台の仕舞た屋に駆けつけたんだが、夜分でもあるし、その日のことにはならねえってんで、その夜は思いつくありったけの石の道標に迷子札を貼り出しただけでよ……。翌日、お廉から聞いていた愛宕下神明町《あたごしたしんめいちょう》の裏店《うらだな》を訪ねてみたんだが、お廉も男ももうそこにはいなくてよ……。なんでも、大家が言うには、去年の八朔《はっさく》（八月一日）に引っ越《こ》してったと……。去年の八朔といえば、春次がお廉に二十両渡したすぐ後だ……。俺が思うに、大金《てえきん》が入ったもんだから、九尺二間《くしやくにけん》の小便臭《しよんべんくせ》ェ棟割長屋《むねわりながや》にいるのが嫌になったんだろうて……。せめて、二階付きの割長屋《わりながや》か仕舞た屋にと思ったところで不思議じゃねえからよ」

「それで、お廉さんの引っ越し先は判ったのですか？」

おりきが亀蔵の前に湯呑《ゆのみ》を置き、どうぞ、と促《うなが》す。

「それがよ、大家から聞いた芝口《しばぐち》一丁目の長屋にはもういなかった。なんでも、今年の正月明けに越したというのよ……」

「まあ、それでは行方《ゆくえ》が判らないというのですか？」

おりきが眉根を寄せる。

「いや、現在《いま》、もしかするてェとお廉の引っ越し先を知っているかもしれねえという古骨買《ふるほねか》いを金太《きんた》と利助《りすけ》に当たらせてるからよ。おっつけ知らせが入《へえ》ると思うんだがよ……」

「それにしても、太助ちゃんがいなくなったのが九月十三日の後《のち》の月……。すると、もう三日経つのですね。その間、何か手掛かりになることはなかったのでしょうか」

「いや、おまきの話じゃ、あれから、おまきと春次は他のことはそっちのけであの付近を捜し廻っているらしくてよ……。そしたら、あの日の夕刻、三歳くれェの男の子を抱えて急ぎ足に三田北代町《みたきたしろちょう》から大信寺《だいしんじ》のほうに歩いて行く女ごを見掛けたという者がいてよ……。と言っても、子供がこれと言って不安がっているようにも見えなかったので、ただの母子《おやこ》だったのかもしれねえんだがよ……」

「その女《ひと》は幾つくらいでしたの？」

「さあて……。三十路絡《みそじがら》みってとこじゃねえかな？　傍目《はため》には母子《おやこ》と映《うつ》ったというんだからよ」

確かに、そんな曖昧《あいまい》な情報では、その女ごに抱かれていたのが太助だと言えないだろう。

「おまき、可哀相《かわいそう》に……。この数日というもの、さぞや生きた空もなかったでしょうね」

「ああ、目の下に隈《くま》を作っていてよ。ここ数日で、一気に五歳も六歳も年取ったって感じだ……。だがよ、どこの自身番にもそれらしき情報が入《へえ》ってねえというんだから、おてちん（お手上げ）でエ！　ところで、大番頭から聞いたんだが、沼田屋《ぬまたや》、高麗屋《こうらいや》の宴席《えんせき》に神田本石町《かんだほんごくちょう》の両替商《りょうがえしょう》三橋屋《みつはしや》の旦那と娘を招いたとか……。なんでも、真田《さなだ》屋《や》の若旦那に後添いをってんで、急遽《きゅうきょ》、見合のような裃《かみしも》を着た席でなく、後の月を愛《め》でながらってことになったそうだが、それで首尾《しゅび》よくいったのかえ？」

亀蔵が探《さぐ》るような目でおりきを見る。

「まあ、親分は地獄耳《じごくみみ》ですこと！　と言うか、達吉《たつきち》はなんてお喋《しゃべ》りなんでしょう……。けれども、目出度いことなので、まあよいでしょう。ええ、これが思っていた以上に甘《うま》く運びましてね。勿論、見合という堅苦《かたぐる》しい席ではなかったのですが、源次郎《げんじろう》さんも育世《いくよ》さんを大層《たいそう》気に入られたみたいでしてね。八月の末にこずえさんの三回忌を済ませたことでもありますし、これからは互いの家を行き来して、親交を深めたいとか……。もしかすると、来年早々にも結納《ゆいのう》が交《か》わされるのではないかと思っていますのよ」

「そうけえ……。そいつァ良かった！　真田屋と三橋屋の縁組たァ、またとねえ話だからよ。これまでは、沼田屋の次男坊が真田屋の婿養子《むこようし》となり、高麗屋だけが蚊帳《かや》の外って按配《あんべえ》だったが、高麗屋の旦那の妹が三橋屋の内儀で、つまり、これで高麗屋もやっと皆と縁続きとなれるってわけだ……。だが、よく真田屋の若旦那が承知したよな？　死んだ女房に未《いま》だに未練たらたらだと思ってたんだが……」

「源次郎さんですか？　いえ、こずえさんへの想いが消えたわけではないのですよ。けれども、真田屋のことを考えれば、後添いを貰い、跡《あと》継ぎのことを思わざるを得ません。それが真田屋の望みでもあるのですからね。それに、わたくしが見たところ、どこかしら、育世さんにはこずえさんを彷彿《ほうふつ》とさせるようなところがありましてね。

いえ、決して、姿形《すがたかたち》が似ているというのではないのですよ。そうですね、敢えて言えば、声……。と言うか、話し方でしょうか……。正な話、わたくしが挨拶《あいさつ》に伺《うかが》ったとき、育世にございます、よしなにお願い申し上げます、と頭を下げられましてね。わたくし、きやりと胸が高鳴りましたの……。と言うのも、わたくしが初めてこずえさんにお逢いしたのが大崎村《おおさきむら》の寮《りょう》で茶会が開かれたときでしたが、あのとき、こずえさんからも同じ挨拶をされましてね……。そのときのこずえさんは、弱々しいながらも凛《りん》とした声をしておられ、どこかしら芯《しん》の強さを垣間《かいま》見たように思いましたが、此度も育世さんから受けた感じには、それに近いものがありましてね……。恐らく、源次郎さんも同じように思われたのではないかと……」

「ほう、するてェと、二人は逢うべくして逢ったと……。つまり、こずえさんが二人を引き合わせたと？」

　亀蔵が目をまじくじさせる。

「そうかもしれませんわね。いえ、そうだといいのに……。ええ、きっとそうですわ！」

　おりきもそうではないかと思っていたので、目から鱗《うろこ》が落ちたといった顔をする。

「じゃ、真田屋と三橋屋の祝言となれば、またもや巳之吉《みのきち》の出番があるってことかよ」

「さあ、それはどうでしょう。源次郎さんは二度目ですし、三橋屋のほうでも亡くなられたこずえさんに気を遣い、形だけの祝言にされるのではないでしょうか……」

「まあな……。育世って娘には初めてのことといっても、真田屋にしてみれば複雑だろうからよ……」

亀蔵がそう言い、茶をぐびりと飲み干すと、済まねえ、もう一杯《いっぺえ》くんな！　と湯呑を突き出す。

おりきは二番茶《にばんちゃ》を湯呑に注《つ》ぎながら、あの日、見送りに出たおりきの耳許《みみもと》に源次郎が囁いた言葉を思い出していた。

「女将さん、これで本当によかったのですよね？」

えっと、思わずおりきは源次郎の顔を見た。

源次郎は戸惑《とまど》ったような眼差《まなざ》しをおりきに向けていた。

「今宵《こよい》、ここに来るまでは、こずえの三回忌を済ませたばかりというのに、後添いなどまだ早い、ましてや相手が高麗屋の姪《めい》というのであるから、逢ってしまうと断るに断れなくなるのではなかろうかと逡巡《しゅんじゅん》していたのですが、それがどうでしょう……。育世さんにお逢いしてみると、何故かしら懐かしさを覚え、迷いがあったことなど吹っ飛んでしまって……。こずえに済まない気持で一杯になりました。こんな気持になるのなら、やはり、逢わないほうがよかったのかと……」

おりきはふわりとした笑《え》みを返した。

「源次郎さん、それは違いますよ。源次郎さんは育世さんに懐かしさのようなものを覚えたとおっしゃいましたが、実は、わたくしも育世さんに同じ感覚を覚えましてね……。それで思ったのですが、こずえさんが源次郎さんに育世さんを引き合わせようとなさったのではなかろうか……。わたくしにはそう思えてなりませんの」

「こずえがあたしに育世さんを引き合わせたとおっしゃるのですか……。では、仮にそうだとしたら、あたしが育世さんを後添いにもらうことをこずえも悦んでいるということと……。ねっ、そうなんですね？」

おりきが目許《めもと》を弛《ゆる》めると、源次郎は心《しん》から安堵した顔をした。

「それを聞いて気持が楽になりました。まだ、この先どうなるか判りませんが、今後とも、何かと相談に乗ってもらえますか？」

「ええ。わたくしでよければ、いつでも……」

おりきと源次郎の間で、そんな会話が交わされたことを誰も知らない。

おりきは源次郎がまだ幾らか迷いながらも、育世とのことを前向きに考えようとしていることを悟《さと》ったのである。

「やっ、馳走《ごち》になったな。そろそろ金太たちが戻って来る頃だから、失礼するよ」

亀蔵がすくりと立ち上がる。

「わたくしも午後から下高輪台を覗いてみます。おまきに元気を出すように伝えて下さいませ」

「ああ、解った」

亀蔵が帳場を出て行くと、入れ違いに達吉が入って来た。

「親分、今日はやけに早《はえ》ェお帰《けえ》りで……」

達吉が訝しそうに亀蔵を振り返る。

「ゆっくりしていたくても、それどころではないのですよ。おまきのところの太助ちゃんが大変なことになりましてね……」

おりきが達吉に太助のことを話してやる。

「じゃ、もう三日も消息《しょうそく》が判らねえってことで……。おまきの奴、なんでもっと早く知らせて来ねえ！」

達吉が気を苛《いら》ったように言う。

「知らせようにも、それどころではなかったのでしょうね。とにかく、早めに巳之吉と打ち合わせを済ませ、下高輪台まで行ってみます。何かあったときのことを考え、潤三《じゅんぞう》を連れて行っても構いませんか？」

「あっ、それがようごぜえやす。潤三なら機転《きてん》が利くんで快《こころよ》く使い走りしてくれるでしょう」

「では、少し早いのですが、巳之吉を呼んで下さい」

「へい」

達吉が帳場を出て行く。

太助ちゃん、どうか無事でいてくれますように……。

おりきは胸の内で手を合わせた。


「あっ、女将さん！」

おまきはおりきの姿を見ると、眉間《みけん》に皺《しわ》を寄せ、縋るように駆け寄った。

茶の間の長火鉢の傍に、亀蔵が困じ果てたような顔をして坐っている。

が、春次の姿はどこにも見当たらない。

「一体、どうしたというのですか……」

「春次さんが……、春次さんが……」

おまきが上擦《うわず》った声を出す。

これでは、一体何を言おうとしているのか解らないではないか……。

すると、亀蔵が見かねて取って代わった。

「女将、まあ、上がんな。それがよ、金太が古骨買いの男を見つけ出し、お廉の引っ越し先を聞き出してきたんだが、俺と金太が白金《しろかね》一丁目の裏店を訪ねてみたら、お廉の奴、二月前《ふたつきめえ》に向かいの高野《こうや》寺《でら》の境内《けいだい》で首括《くびく》りして死んだというのよ……」

えっと、おりきは息を呑み、おまきに目をやった。

おまきが青白い顔をして頷く。

「首括りしたって、それはまた……。親分、少し解るように話して下さいな」

おりきが亀蔵の傍に寄って行く。

「それがよ、お廉の奴、春次から手切れ金二十両貰ったもんだから気を大きくして、それまで住んでいた愛宕下神明町の棟割から芝口一丁目の二階付き割長屋に移ったのはいいが、連れ合いというのが見てくれだけのよいぶらのさん（何もしないでぶらぶらしている人）でよ……。思いがけねえ大金がころがりこんだってェんで、二人して贅沢三昧《ぜいたくざんめえ》……。そんなことをすれば、二十両なんて金は瞬く間に使い果たしちまうわな？　それで、店賃《たなちん》が払えなくなって白金一丁目に越したらしいんだが、金の切れ目は縁の切れ目……。お廉の奴、五歳歳下《としした》の間男に捨てられちまったというのよ。そればかりじゃねえ……。その男、高利《こうり》の金を借りていたというから堪らねえ！　お廉は金貸しからやいのやいのと迫られて、二進《にっち》も三進《さっち》もいかなくなったのだろうて……。春次を頼ろうにも、この俺を間に立てて、二度と近づかねえと一札入れているもんだからそうもいかねえ。それによ、お廉も三十路を超《こ》えちまったものだから、嘗《かつ》てのように男にじなつき金をせびるわけにもいかねえしよ。ふっと立ち止まり、自分の来《こ》し方《かた》を振り返ってみるに、いい加減《かげん》うんざりしちまったんだろうさ……。お廉が高野寺の境内の木に腰紐《こしひも》をかけてぶら下がっていたのが盂蘭盆会《うらぼんえ》の翌朝というから、大方、送り火に乗ってあの世に行きてェと思ったんだろうが、切《せつ》ねえ話でよ……。ところが、その話を聞いてからというもの、春次の奴が手のつけられねえ状態になっちまってよ……。お廉を死に追いやったのは自分なんだ、自分があのとき二十両なんて金をやらなければ、お廉はいい夢も見なかっただろうし、糊口《ここう》を凌《しの》ぐためにもっと貪欲《どんよく》に生きようとしたはず……、とこう泣き叫んでよ。それっきり仕事場に籠《こ》もってしまい、中から心張棒《しんばりぼう》をかけて、呼べども叫べども出て来ようとしねえ……。おまきが心配《しんぺえ》してよ。仕事場には鑿《のみ》や彫刻刀《ちょうこくとう》といった凶器《きょうき》になりそうなものが詰まっている、春次が妙な気を起こさなければよいが……、と言ってよ」

亀蔵はふうと太息《ふといき》を吐いた。

「春次さん、どのくらい中に籠もっているのですか？」

おりきがおまきに訊ねると、おまきは、もう一刻《いっとき》（二時間）以上になるかしら……、と鼠鳴《ねずみな》きするような声で呟く。

「子供たちは？」

「手習所に行っていますが、もうそろそろ戻って来る頃かと……」

「解りました。子供たちに父親《てておや》のこんな姿を見せてはなりませんね」

おりきはそう言うと、仕事場の襖《ふすま》へと寄って行った。

「春次さん、立場茶屋おりきの女将です。今、親分からお廉さんの身に起きたことを聞きました。わたくしには春次さんがお廉さんの死を自分のせいだと思う気持が解らないでもありません……。けれども、お廉さんはあのとき春次さんがお金を渡したから死んだのではないのですよ。二十両のお金があれば、それを元手にして小商《こあきな》いも出来たでしょうし、立ち直るには充分なお金でした。おまえさまはお廉さんがそうなることを願い、お金を渡したのですものね？　あの場合、太助ちゃんのためにそうするのが最良と思ったからしたことで、おまえさまが責められることではないのです。酷《むご》い言い方かもしれませんが、わたくしね、こうなったのはお廉さんに母親の自覚がなかったからだと思います。何より、自分を大切にすることを疎《おろそ》かにしたこと……、これこそ、許されるべきことではありません。自分を大切にするということは、この世に生を受けた限り、生きるために懸命になるということです。そのためには責めを負わなければなりません。決して、目先のことだけに囚《とら》われて安気に生きていけばよいということではないのですよ。だからこそ、春次さんもおまきも、これまでどんな苦難があろうとも懸命に生きてきたのではないですか！　春次さんがお廉さんにしてあげたことは筒一杯《つついっぱい》の親切だったのです。どこの世界に、泥棒《どろぼう》に追銭《おいせん》がごとく、自分を踏みにじった女ごに二十両もの大金を払う者がいましょうか！　それなのに、おまえさまはそれでお廉さんが立ち直ってくれればと、一生懸命お金を掻き集めたのですものね。おまえさまのその気持を解ろうとしなかったのはお廉さんです。おまえさまのせいではないのですよ。さあ、出ていらっしゃい！　お京ちゃんたちがもうすぐ戻って来ますよ。子供たちにそんなおとっつァんの姿を見せてもよいのですか？」

襖の向こうで、くっくと噎《むせ》び泣く声が聞こえてきた。

「おまえさん、後生一生《ごしょういっしょう》のお願い……」

おまきが悲痛の声を上げる。

「春次さん、現在《いま》、おまきがどんな気持でいるか解っておいでですか？　お廉さんの死を悼《いた》み、嘆《なげ》き哀《かな》しむのはいいでしょう。けれども、そんなおまえさまの姿を目の当《ま》たりにしなければならない、おまきの気持を考えてもごらんなさい。お廉さんが子供たちを放り出した後、今日までおまえさまや子供たちのために尽くしてきたおまきに、そんな仕打ちはないでしょうが！」

おりきは言葉尻を荒らげた。

「女将さん、いいんですよ！　あたしは春次さんや子供たちにしてやりたいと思ったからしたまでなんだから……」

「いいえ、なりません！　わたくしはこんな女々《めめ》しい男におまえをやったつもりはありませんからね」

すると、襖の向こうで春次がわっと獣《けもの》のような声を上げた。

「済まねえ、おまき！　解ってるんだ、解ってるんだよ……」

「だったら、早く出ていらっしゃい。それに、そんなことをしていてよいのですか？　太助ちゃんの行方はまだ判っていないのですよ。父親《てておや》ならば、何はさておき我が子の行方を捜すのが先でしょうが！」

おりきが甲張った声を上げると、襖の内側で心張棒がカタッと音を立てて外《はず》された。どうやら、父親《てておや》ならば、何はさておき我が子の行方を捜すのが先、という言葉が効《き》いたようである。

襖がすっと開き、春次が皆の前に突っ伏した。

「女将さん、親分、おまき、済まねえ……。あっしはどうかしてやした。へっ、もう大丈夫《でえじょうぶ》でやす」

春次が立ち上がろうとする。

「お待ち！　おまえさん、どこに行こうというのかえ？」

おりきが慌てて声をかけると、

「太助を捜しに……」

と春次が呟く。

「捜すったって、どこを……。まっ、いいから坐んな！」

亀蔵も慌てて制した。

「こいつァいけねえや……。春次もおまきもふらふらじゃねえか！　おめえら、食うものを食ってるんだろうな？」

おりきも春次とおまきが心身共に疲弊《ひへい》しきっているのを見て取った。

「そうですね。少し身体を休めたほうがいいですね。けれども、その前に何か口に入れないと……」

おりきはそう言うと、仕舞た屋の外で待機する潤三に声をかけた。

「潤三、ここから海岸通りに下りて行くと、車町に親分の八文屋があります。そこに、おさわさんという女《ひと》がいますので、春次さんやおまきのために何か滋養のあるものを作ってくれないかと頼んで下さいな。そう言えば、おさわさんにはすべて解ります。お代は後からわたくしが届けると言って下さい。仮に、八文屋が忙しくて人手《ひとで》が足《た》りないようなら、おまえが岡持《おかもち》を借りて運んで来なさい。そうですね、もう少ししたら、子供たちも戻って来るのでしたね……。では、子供たちの小中飯になりそうなものも見繕《みつくろ》ってもらいましょうか。解りましたね？」

「へい、行って参《めえ》りやす！」

潤三が駆け出して行く。

「まったく、おめえときたら……。あんましそつがねえんで、感心しちまって、俺ャ、ものも言えねえや……」

亀蔵が唖然《あぜん》としたように言う。

おりきはふふっと笑うと、勝手知ったる我が家とばかりに茶の仕度を始めた。

それから二日ほどして、永松町《ながまつちょう》の自身番に一二三《ひふみ》という女ごの家に三歳くらいの男児がいる、一二三には子がいないので、もしかすると、石の道標に記《しる》されていた子ではなかろうか、と届け出があった。

知らせを聞いた春次とおまき、亀蔵の三人が下っ引き二人を連れて駆けつけてみると、危険を察した一二三が旅支度をしている最中《さなか》であった。

一二三は亀蔵たちが踏み込むと、傍にいた太助をさっと袂《たもと》で覆《おお》い隠した。

「女ご、そんなことをしても無駄だ！　おめえに子がいねえことは判ってるんだからよ。さあ、太助を渡しな！」

亀蔵が野太《のぶと》い声を張り上げると、一二三は太助を抱えたまま、違う！　と叫んだ。

「この子はあたしの子、祥吉《しょうきち》なんだ！　ねっ、祥吉、そうだよね？」

袂で顔を覆われた太助には、春次やおまきの姿が見えない。

太助は、うんうん、と頷いたようだった。

「太助！　太助ちゃんなんだろう？」

おまきが堪《たま》りかねたように呼びかける。
「おっかたん？　あっ、おっかたんの声だ！」
太助は一二三の腕を振り解くと、おまきの胸に飛び込んできた。
「太助ちゃん！　ああ、良かった、本当に太助ちゃんなんだね？　もう、おまえった
ら、心配させて……」
おまきの目からはらはらと涙が零れる。
「おっかたん、なんで泣くの？」
太助がきょとんとおまきを瞠める。
春次は感激のあまり、突っ立ったままぶるぶると身体を顫わせていた。
「おう、おめえ、どういう了見《りょうけん》でェ！　他人《ひと》さまの子を拐《かどわ》かし、何がてめえの子だよ。
おっ、金太、利助、さっさとこの女ごをしょっ引きな！」
亀蔵が表で待機していた下っ引き二人に声をかける。
「嫌だよ！　放しとくれよ。この子はあたしが産んだ祥吉なんだからさ！」
だが、一二三がなんと言おうが、引かれ者の小唄《こうた》……。
亀蔵たちはこの女ごが露月町《ろげつちょう》の袋物屋《ふくろものや》の手懸《てかけ》で、二年前に男児を出産して間なしに
亡くしていることを調べ上げていた。

成程《なるほど》、その子が生きていたとすれば、太助とおっつかっつの年頃……。

それで、あの日、下高輪台をたまたま通りすがったところ、祥吉が生きていればこのくらいの年頃と思える男児を見掛け、声をかけたところ存外にすんなりとついて来た……。

しかも、どういうわけか、その子の人懐っこいこと……。

何を訊かれても嬉しそうな笑みを浮かべ、試《ため》しに祥吉と呼んでも否定しようともしない。

当初は一刻ほど母子《おやこ》ごっこをしたら、元の場所に戻してやるつもりでいたのに、次第に、一二三には太助が祥吉と思えてきたようである。

そうだ、この子を自分の子にしてしまおう……。

そう思ったのも、袋物屋の旦那から別れ話を切り出されていたからである。

いいさ、あんな爺《じい》さま……。

あたしのほうから三行半《みくだりはん》を叩きつけてやる。

この子さえいれば、母子《おやこ》二人で新たなる人生を歩めるのだから……。

ああ、きっと、神仏はあたしに憐《あわ》れみをかけて下さり、死んだと思っていた祥吉を生き返らせて下さったんだ……。

一二三には、自分が悪いことをしているという罪悪感《ざいあくかん》は皆無《かいむ》であった。この子に実の親兄弟がいるということすら考えていなかったのである。

「祥吉、祥吉ィ、待っておくれよ。おっかさん、すぐに戻って来るからさ！」

一二三はあらんかぎりの声を振り絞《しぼ》ると、下っ引きたちに捕縄《とりなわ》をかけられ引っ立てられていった。

「太助ちゃん、もう離さないからね。どこにも行くんじゃないよ！」

おまきが太助の身体を抱き締める。

「うん、おいら、どこにも行かねえ！」

「こいつ、心配《しんぺえ》をかけやがって……。おめえのおっかさんは、このおまきだからよ。どうでェ、天下一のおっかさんだろうが！　このおっかさんほど、いいおっかさんはいねえんだからよ」

春次がそう言うと、太助はえへっと首を竦めた。

「おいら、おっかたんを待ってたよ！　きっと、きっと来るもんね。ねっ、そうだよね？」

太助が円《つぶ》らな瞳《ひとみ》でおまきを瞠める。

「ああ、迎えに行くさ。太助ちゃんがどこにいようと、おっかさん、必ず迎えに行くからさ！」

「約束だよ。指切りゲンマン！」

「嘘吐いたら、針千本《はりせんぼん》飲ぉます！」

太助につられて、おまきも指を絡《から》ませる。

その刹那《せつな》、おまきの眼窩《がんか》に熱いものが衝き上げてきた。

いつまで経ってもいびったれ（オネショ）の治《なお》らない太助に、おまきはいつも言っていたのである。

「太助ちゃん、小便《おしっこ》のときはいつでもおっかさんを起こすんだよ。それから、寝る前には必ず厠《かわや》に行くこと！　解ったね？　解ったら、もう二度といびったれませんって指切りしようね。指切り拳万《げんまん》、嘘吐いたら針千本飲ォます！」

太助はまるでそれが遊びでもあるかのように燥ぎ、おまきと指切りをしたのだった。

その指切りを、現在《いま》……。

おまきは太助を引き寄せると、耳許に囁いた。

「太助ちゃん、おまえはおっかさんにとって宝物……。絶対に、離しはしないからね」

太助が見つかったことは、すぐに立場茶屋おりきにも知らされた。

おりきは達吉と顔を見合わせ、心《しん》から安堵の息を吐いたのだった。

「ようござんしたね……。けど、まさか、袋物屋の手懸が拐かしたなんて……。けど、一体《いってえ》、どういうつもりだったんでしょうね？」

達吉がどうにも解《げ》せないといった顔をする。

詳《くわ》しい話を聞かされていなかったおりきも、その時点では、一二三という女ごの真《しん》意《い》を計りかねた。

仔《し》細《さい》が判ったのは、翌日のことである。

「結句、春次とおまきがあの女ごを正式に訴《うった》えることを躊躇《ためら》ったもんだから、自身番でひと晩留置《とめおき》のうえ、同心から諄々《じゅんじゅん》と諭《さと》し聞かせる呵責刑《かしゃくけい》で済んだ……」

亀蔵は苦々《にがにが》しそうに言った。

「けど、太助は五日もあの女ごに攫《さら》われてたんでやすぜ？　その間、春次もおまきも生きた空もなかったというのに、何ゆえ、あの二人は訴えなかったのだろうか……」

達吉が首を傾《かし》げる。

「ああ、俺もそう思った……。だがよ、春次やおまきが言うのよ。一二三という女ごの気持も解ると……。正な話、太助はあの女ごに目の中に入れても痛くねえほど可愛《かわい》がられていたみてェでよ。着ている着物《べべ》も裁《た》ち下ろしたばかりでよ。思うに、一二三という女ごは生まれて間なしに我が子を失ったが、あの女ごの中では死んじゃいなかったんだろうて……。それで、生きていれば着たであろう着物《べべ》を作り、それを眺《なが》めては我が子の成長する姿を頭に描《えが》いてたんだろうて……。おまきが言ってたぜ。太助がこうして元気な姿で戻って来てくれたことでもあるし、此度のことで、自分たち家族の絆《きずな》が強まったような気がする、だから、自分たちはあの女ごを重い刑に科《か》してもらいたくないのだ、そんなことになれば、自分たちの心に昏《くら》い影を落としてしまうと……。そう言われれば、俺もそうだなと思えてきてよ。お廉のことがあっただけに、そんな想いがあの二人にあるんだろうと……」

「あっしにゃ、今ひとつ解せねえんだが、お廉と一二三にどう関係が？」

亀蔵がしみじみとした口調《くちよう》で言うと、達吉がとほんとする。

「まっ、おめえさんのような唐変木《とうへんぼく》に言ったところで糠《ぬか》に釘《くぎ》なんだが、我が腹を痛めた子であれ、お廉のように邪険《じやけん》に扱い、てめえのことしか考えねえ女ごがいるかと思えば、死なせた子のことが未だに忘れられず、他人《ひと》の子が我が子に思えて慈《いつく》しもうという女ごもいる……。また、おまきのように、生《な》さぬ仲の子を我が腹を痛めた子のように愛《いと》しく思う女ごもいるってことでよ。つまりよ、肝心《かんじん》なのは、血が繋《つな》がっているかどうかということより、子を育てるうえで生まれてくる互いの信頼《しんれえ》のほうが勝《まさ》ってるってことでよ。おまきは押しも押されもしねえ立派な母親ってことなんだよ！」

達吉が納得したとばかりに頷く。

「ああ、それなら解りやす。じゃ、此度のことがあって、おまきと四人の子の絆は一層強まったってこと……」

「ああ、それに、春次もこれで完全にお廉のことが吹っ切れただろうしよ……。俺ャ、驚いたぜ。お廉が死んだと聞かされたときの、春次のあの取り乱しよう……。なんだのかんだの言っても、春次はお廉に惚れきっていたんだと思ってよ」

亀蔵がそう言うと、おりきも頷く。

「ええ、確かにそうでしたわね……。わたくしも春次さんが恐慌を来した姿を見て、おまきが可哀相になりましてね。それで、つい頭にカッと血が昇《のぼ》ってしまいました」

「えっ、女将さんが頭に血が昇ったって……」

達吉が目をしばしばと瞬く。

「おお、そうよ！　大番頭に見せたかったぜ……。仕事場に籠もって出て来ねえ春次に向かって、春次さん、現在《いま》、おまきがどんな気持でいるか解っておいでですか？お廉さんの死を悼み、嘆き哀しむのはいいでしょう、けれども、そんなおまえさまの姿を目の当たりにしなければならない、おまきの気持を考えてもごらんなさい！　お廉さんが子供たちを放り出した後、今日までおまえさまや子供たちのために尽くしてきたおまきに、そんな仕打ちはないでしょうが！　とそう怒鳴りつけたんだからよ……。そしたら、おまきがおたおたして、自分はしたいと思ってしたのだからそれでよいと言ったんだ……。ところが、おりきさんはそれでも許さねえ……。あのときのおめえの啖呵《たんか》、俺ャ、胸が透《す》くようだったぜ！」

「えっ、え、女将さん、なんて言ったんでやすか？」

達吉が身を乗り出す。

亀蔵はにたりと笑った。

「こうしておまきを睨みつけてよ。いいえ、なりません！　わたくしはこんな女々しい男におまえをやったつもりはありませんからねって、こう言ったんだぜ」

亀蔵が達吉を睨みつけてみせる。

「おお、怖《こえ》ェ……。そりゃ、おまきでなくても顫え上がっちまう」

「だがよ、その言葉と、おりきさんが後に続けた、何はさておき、父親《てておや》ならば我が子の行方を捜すのが先でしょうが！　とその言葉が春次の心を動かしたようでよ。天《あま》の岩戸《いわと》が開いたのは、それが契機《きっかけ》だったのよ……」

おりきが照れ臭そうに、止《よ》して下さいな、親分、穴があったら入りたい気分ですわ、と言う。

「けど、そんなことがあったんじゃ、おまきも可哀相《かえいそう》でやしたね」

「けれども、大丈夫ですよ。おまきは芯の強い女ごです。それに、春次さんにお廉さんへの未練があることを知ったうえで、後添いに入ったのですからね……。おまきには、きっといつか春次さんが自分だけを瞠めてくれる日が来ると解っていたのでしょう」

「じゃ、お廉が死んじまったわけだから、これで春次の心は完全におまきに……」

達吉がそう言うと、おりきはふっと頰を弛めた。

「暫くは春次さんの心の中に、お廉さんにあんな死に方をさせてしまったという悔《く》いが残るかもしれません……。けれども、それは未練とは違うもので、しかも、ときと共に薄れていくものですからね」

「おりきさんの言うとおりでェ！　それによ、おまきには四人の子という強《つえ》ェ味方がいる……。此度のことで、間違《まちげ》ェなくお京はおまきを見直しただろうし、おまきこそ自分たちのおっかさんと思っただろうからよ……。おっ、そりゃそうと、一二三の家に踏み込んだときのことだがよ。太助がおまきの呼びかけに、おっかたん！　と嬉しそうに答えたのを見せたかったぜ……。あの女ごにどんなに可愛がられようと、太助はおまきがいっち大好きで、おまきこそ、おっかさんなんだからよ。それによ、あいつ、こう言ったんだ。おいら、おっかたんを待ってたよ！　きっと、きっと来るもんね、ねっ、そうだよねって……。そしたらよ、おまきが、ああ、迎えに行くさ、太助ちゃんがどこにいようと、必ず迎えに行くからさって言ったのよ。するてェと、あいつ……。糞《くそ》ォ、泣けてきやがる……。あいつがよ、小さな指を差し出して、約束だよ、指切りゲンマンって言うんだよ……。おまきもそれに答えて指を差し出し、嘘吐いたら針千本飲ォますって……。俺ャよ、そんな二人を見て、泣けて泣けて……」

亀蔵が洟《はな》を啜《すす》り上げる。

おりきの胸に、カッと熱いものが込み上げてきた。

指切りゲンマン……。

何気ない子供の遊びに見えて、恐らくそれは、おまきと太助にしか解らない母子《おやこ》の契《ちぎ》りであったのだろう。

おまき、幸せになるのですよ！

いいえ、おまえなら、きっとなれますからね……。

おりきには、長き夜がやっと明けたような気がしたのだった。

紅葉の舟

おまちは飯台《はんだい》の上を片づけながら、背後で油障子《あぶらしょうじ》の開く音を耳に捉《とら》えた。

振り返るより先に、もう威勢《いせい》のよい声が上がっている。

「いらっしゃいませ！」

その声に、板場の中から女将《おかみ》のおきわが急ぎ足に出て来て、おやと首を傾《かし》げた。

赤児《やや》を抱いている女《おな》ごに見覚えがあるように思ったのである。

すると、女ごが懐《なつ》かしそうに軽く頭を下げた。

「まっ、驚いた！　おまえさん、確か、横浜村《よこはまむら》のお麻《あさ》さん……。えっ、てことは、この赤児《やや》があのときの？」

どうやらおきわよりおまちのほうが先に気づいたようで、お麻の傍《そば》に駆け寄ると赤児《やや》の顔を覗《のぞ》き込んだ。

「お麻さん、お麻さんなんだね？　まあ、懐かしい……。いえね、二、三日前におまちと噂《うわさ》してたんだよ。あれから一年近くになるが、息災《そくさい》にしているんだろうかと……。そうかえ、そうかえ！　どれ、坊《ぼう》の顔をよく見せておくれ」

おきわも傍に寄って行く。

「その節《せつ》はすっかりお世話になり申し訳ありませんでした。すぐにでもお礼に上がらなければならなかったのに、為一《ためいち》の世話に手を取られてしまい、気にはしながらもなかなか……」

お麻が恐縮《きょうしゅく》したように頭を下げる。

「礼なんて……。そうかえ、為一って名にしたのかえ。まっ、なんて可愛《かわい》いんだろ！　目の辺りがおっかさんにそっくりじゃないか……。ちょいと抱かせてもらってもいいかえ？」

「ええ、どうぞ。けれども重いんですよ。現在《いま》、乳離《ちばな》れさせようとしてる最中なんですけど、まあ、よく食べること、食べること……。そのせいか、この子より半年も早く生まれた子と比べても大差がないんですよ」

お麻が為一をおきわに抱かせる。

「あら、ホントだ！　ずっしりとしたこの手応《てごた》え……。あたしは子を産《う》んだことがないけど、生まれて一年近く経《た》つと、こんなにも重くなるもんかね」

おきわが目をまじくじさせる。

すると、天《てん》麩《ぷ》羅《ら》蕎《そ》麦《ば》を食べ終えた客が、おっ、勘定《かんじょう》してくんな、と立ち上がった。

「三十二文になります」

おまちが客の傍に寄って行く。

お麻は見世《みせ》の中を見廻《みまわ》すと、お忙しいのではないかしら？　と気を兼ねたように言った。

「なに、現在《いま》が一番暇なときでね。あと一刻《いっとき》（二時間）もしたら、夕餉客《ゆうげきゃく》でまた忙しくなるから、おまえさん、いいときに来たよ」

「ええ、あたしもそう思ったものだから、半刻《はんとき》（一時間）ほど近くの茶店でときを稼《かせ》いでいたんですよ」

「あら、半刻も前に門前町《もんぜんちょう》に着いていたのなら、遠慮しないで来ればよかったのに……」

「でも……」

「それで、ご亭主は見つかったのかえ？」

「いえ……」

お麻が顔を曇《くも》らせる。

「えっ、じゃ、あれっきりってこと……」

「それが……」

お麻は言い辛《づら》そうに言葉を詰まらせた。

「そりゃそうだ。ここじゃ話し辛いよね？　おまち、暫《しばら》く見世を空《あ》けさせてもらうけど、いいかえ？」

「ええ、いいですよ」

「じゃ、二階に上がろうか。お麻さん、お腹は空《す》いていないのかえ？」

「ええ、六郷川《ろくごうがわ》を渡ったところで中食《ちゅうじき》を摂《と》りましたんで……」

「じゃ、小中飯《こじゅうはん》（おやつ）と思えばいい。おまち、二階に天麩羅蕎麦と坊には蕎麦《そば》掻《が》きを運んでくれないかえ？　で、蕎麦は盛りがいいかえ？　それとも掛け？」

「いいえ、そんな気を遣《つか》わないで下さい」

「何言ってんだよ！　彦蕎麦《ひこそば》に来て、蕎麦を食わないなんて……。だったら、あたしもお相伴《しょうばん》するからいいだろう？」

「そうですか……。では、お言葉に甘えて盛りを頂《いただ》きます」

「あい解《わか》った！　おまち、そういうことだ。盛り二枚に、天麩羅は特上にするように与之助《よのすけ》に言っておくれ。それと、蕎麦掻きをね。頼んだよ」

おきわはそう言うと、お麻を二階へと促《うなが》した。

「じゃ、坊はおまえさんに返しておくよ。あたしが抱いていて落っことしたら困るから……」

おきわはお麻に為一を渡すと、やれ、と太息《ふといき》を吐《つ》いた。

おきわが彦次《ひこじ》の娘おいねに初めて出逢《であ》ったのが、生後十月《とつき》の頃……。

当時、高札場《こうさつば》の近くに夜鷹蕎麦《よたかそば》の見世を出していた彦次は、女房に死なれて子連れで屋台店《やたいみせ》に立っていたのである。

おきわには何故《なぜ》かしら放っておけないように思えた。

それで、立場茶屋《たてばぢゃや》おりきからの帰り道、屋台店を覗いておいねが機嫌《きげん》よくしているかどうか確かめて、猟師町《りょうしまち》の家に帰るのが日課となったのである。

そうして、十日に一度の非番には北馬場町《きたばばちょう》の裏店《うらだな》を訪ね、日がな一日、おいねの世話や蕎麦の仕込みを手伝うようになり、気づくと、彦次とおきわは将来を誓う仲となっていたのだった。

ところが、おきわの父凡太《ぼんた》は頑固一徹《がんこいってつ》な海とんぼ（漁師）で、二人の仲を到底《とうてい》許してくれそうにない。

凡太は行儀見習のつもりで一人娘のおきわを立場茶屋おりきの女将に預けていたのである。

だが、彦次は諦《あきら》めなかった。

おりきや凡太に心《しん》から祝福してもらえるまでときをかけよう、それには、いずれ小《こ》体《てい》な見世が持てるだけの金を貯《た》めるのが先決……。

彦次はそう心に決めたのだった。

ところが、これまでの無理が祟《たた》ったとみえ、彦次の身体はじわじわと蝕《むしば》まれていたのである。

彦次は胸を冒《おか》されていた。

おきわはおりきには父親《てておや》の具合が悪いので旅籠《はたご》への入りを少し遅らせてほしいと頼み、一方、父親《てておや》には女将さんの体調が悪いので泊《と》まり込みして世話をすることになったと嘘《うそ》を吐き、極力《きよくりよく》、彦次の傍にいて世話をすることにしたのである。

だが、そんな万八《まんぱち》（嘘）はすぐに暴露《ばれ》てしまうこと……。

彦次とのことを知った凡太は怒髪天《どはつてん》を衝《つ》き、すぐさま彦次と切れろとおきわに迫《せま》った。

だが、おきわから彦次が胸を病《や》んでいて、それもかなりの重篤《じゆうとく》と聞いたおりきは違った。

「凡太さん、いい加減《かげん》にして下さいな！　現在《いま》はそんな繰言《くりごと》を言っている場合じゃありませんよ。文句があるのなら、後でわたくしが幾《いく》らでも聞きましょう。とにかく、今日のところは猟師町にお引き取り下さい。何かあれば、必ず、お知らせいたしましようぞ！」

おりきは珍しく甲張《かんば》った声で言うと、すぐさま彦次を内藤素庵《ないとうそあん》に診《み》せたのである。

素庵は何故こんなになるまで医者に診せなかった、ここまで症状が進んだとなれば、いかに高直《こうじき》な薬を使おうが手の施《ほどこ》しようがないと言った。

おりきは腹を括《くく》った。

おきわに後顧《こうこ》に憂《うれ》いを残すことなく納得のいくまで彦次の看病をさせてやろうと思い、四歳になったばかりのおいねを暫く旅籠《はたご》で預かることにしたのである。

「思い残すことのないように、存分に、看病してあげなさい。それが、おまえの想《おも》いを貫《つらぬ》くことになるのですからね。わたくしも毎日顔を出しますし、善助《ぜんすけ》（その頃下足《げそく》番《ばん》をしていた）には食べ物を運ばせましょう。おいねちゃんのことは案じなくていいのですよ。恐らく、おきっちゃんが妹分でも出来たと思い、面倒を見てくれるでしょう。あっ、それからね、猟師町にはわたくしからおまえが暫くここにいることを告げ、許して下さるように頼みましょう。大丈夫ですよ。凡太さんだって、娘が可愛くて堪《たま》らないのですもの。腹を割って、諄々《じゅんじゅん》と話せば、必ずや、解って下さいますよ」

おりきがそう言うと、おきわは意を決したように頭を下げた。

「女将さん、お願いがあります。あたしの最初で最後の願いです。おとっつァんがなんと言おうと、女将さんがどう思われようと、あたし、彦《ひこ》さんと祝言《しゅうげん》を挙《あ》げたいのです。後どのくらい一緒にいられるか判《わか》らないけど、祝言を挙げ、本当の夫婦《めおと》となって、女房として、この男《ひと》の最期《さいご》を見届けてあげたいのです。お願いです。祝言を挙げさせて下さい！」

おりきは一瞬躊躇《ためら》ったが、何も派手《はで》なことをしようというのじゃない、自身番に夫婦《めおと》として届け出て、大家の許しを貰《もら》い、二人で固めの盃《さかずき》を交《か》わすだけでいい、と言うおまきに言った。

「解りました。それほどの決意があるのなら、誰がなんと言っても、引き留《と》めることは出来ないでしょう。わたくしが証人として、立ち会いましょう。但《ただ》し、これだけは約束して下さい。これから先、何があろうとも、おいねちゃんを母として護《まも》ること。我が娘を蔑《ないがし》ろにすることだけは、決して、許しませんからね」

二日後、北馬場町の裏店で二人の祝言が挙げられた。

列席したのは、おりきに大家の笑左衛門《しょうざえもん》、おいね、亀蔵《かめぞう》親分だけという簡素な祝言であったが、達吉《たつきち》が急遽《きゅうきょ》古道具屋で求めてきた一対《いっつい》の内裏雛《だいりびな》や桃《もも》の花、雪洞《ぼんぼり》を文机《ふづくえ》の上に飾ると、部屋の中が桃源郷《とうげんきょう》かと見紛《みまが》うほどに変貌《へんぼう》したのである。

その傍に病臥《びょうが》する彦次と、おりきのお下《さ》がりの留袖《とめそで》を纏《まと》ったおきわが……。

そこにおきわの父凡太と母おたえの姿がないのには一抹《いちまつ》の寂《さみ》しさを覚えたが、それでも、おきわは実に晴れ晴れとした顔をしていた。

高島田《たかしまだ》に結《ゆ》ったおきわの髷《まげ》には、象牙《ぞうげ》の櫛《くし》が……。

おたえが凡太に隠れて、おきわに渡してくれとおりきに託《たく》したものである。

おりきは胸の内で呟《つぶや》いた。

一日でも永《なが》く、二人の幸せが続きますように……。

だが、おりきのその願いも虚《むな》しく、それから間なしに彦次はこの世を去った。

その後、おきわは彦次の遺志《いし》を引き継《つ》ぎ、立場茶屋おりきの茶屋の並びに彦蕎麦を開いて今日《こんにち》に至《いた》るのであるが、生後十月《とつき》で出逢ったおいねも、今や、十歳……。

つくづく、年の経つのは早いものよと思う。

おきわはおいねを胸に抱いたときの感触を、現在《いま》ではすっかり失念《しつねん》してしまっていたのである。

揚方《あげかた》の与之助が揚《あ》げてくれたのは、車海老《くるまえび》、鯊《はぜ》、鱚《きす》、穴子《あなご》、蓮根《れんこん》、甘藷《さつまいも》、青紫蘇《あおじそ》、茄子《なす》だった。

常なら、天麩羅蕎麦は勿論《もちろん》のこと、単品の盛り合わせでもこの半分ほどしかないので、これはもう、大盤振舞《おおばんぶるまい》といってもよいだろう。

「まあ、これは……」

お麻は大皿に盛られた天麩羅に、目をまじくじさせた。

「遠慮しないでお上がりよ。与之《よの》さんのせっかくの厚意なんだからさ！」

おきわがそう言うと、お麻の隣にちょこんと坐《すわ》った為一が、ア、ア……、と声を上げて天麩羅に手を伸ばそうとした。

「ター坊は駄目《だめ》よ。蕎麦掻きを作っていただいたから、これを食べようね？」

お麻が蕎麦掻きを木匙《きさじ》で掬《すく》い、為一の口に運ぶ。

為一は蕎麦掻きを口に含んだが、どうやら関心は天麩羅にあるとみえ、小さな身体《からだ》を乗り出すようにして天麩羅を摑《つか》もうとする。

「おやおや……。そうだよね？　美味《おい》しそうな天麩羅を前にして、おまえだけ食うなと言うのが無茶《むちゃ》な話だ……。お麻さん、まだ天麩羅を食べさせちゃ駄目なのかえ？」

「いえ、駄目というより、今まで食べさせたことがなくて……。家では天麩羅なんて作りませんからね。大人のあたしだって、この前食べたのが、そう、去年、彦蕎麦で頂《いただ》いたあのときが最後で……。まさか、ここで産気《さんけ》づくなんて思ってもいませんでした。その節は本当に迷惑をかけてしまって……」

「あたしもあのときは驚いちまったよ……。けど、こんなに丈夫《じょうぶ》でよい子に恵《めぐ》まれたんだもの、上等じゃないか！　あたしもなんだかター坊が他人に思えなくてさ……。おやまっ、まだ欲《ほ》しがってるじゃないか！　じゃ、こうしちゃどうだろう。衣《ころも》を剝《は》いで白身《しろみ》の鱚や甘藷を食べさせてはどうだえ？　消化もいいし、それなら構わないと思うけどね」

「あっ、そうですよね。では、そうさせてもらいます」

お麻が、良かったね、ター坊、と為一の顔を覗き込み、箸《はし》で鱚の衣を剝いで口に入るだけの大きさに千切《ちぎ》る。

為一は実に美味そうに口をもごもごとさせた。

まだ歯《は》は生えかけだが、十月《とつき》の赤児《やや》にも美味いものは美味いと判るようである。

「美味しい……」

お麻は盛り蕎麦を啜《すす》り、車海老の天麩羅を口に運ぶと、相好《そうごう》を崩《くず》した。

「与之助、また腕を上げたようだね。衣がカラッとしているだろう？　天麩羅を揚げるのだけは上手《うま》くてね。板頭《いたがしら》の修司《しゅうじ》も与之助には一目《いちもく》置いてるんだよ」

おきわがサクサクと音を立てて蓮根を齧《かじ》る。

「なんだか、盆と正月が一度に来たみたいです。なんとお礼を言ったらよいのか……」

「てんごうを！　これしきのこと、お安いご用だよ。それで、ご亭主の話に戻るんだが、あれ以来、なんら消息《しょうそく》が判らないのかえ？」

おきわが蕎麦猪口《そばちょこ》を膳《ぜん》に戻し、お麻に目を据《す》える。

お麻は辛《つら》そうに眉根《まゆね》を寄せた。

「それが、一度文《ふみ》が届きましたの。文といってもそれは簡単なものでしたが、済まない、俺のことは死んだと思ってくれ、母と子を宜《よろ》しく頼む……、と」

「なんですって！　死んだと思ってくれだって？　そんな虫のよいことを……。それじゃ、なんにも判らないいじゃないか」

おきわが甲張った声を上げる。

「…………」

お麻は居たたまれないのか、つと顔を伏せた。

「で、それはいつ頃のことなのさ」

「桜の咲く頃でしたから、三月でしたかしら……。あたし、あの男《ひと》がもう戻ってくる気がないのだとはっきり悟《さと》りました。けど、それにしても、あの男《ひと》に何があったのか、何故、戻って来られないのか何も判らなくて……。あまりの衝撃に、以来、あたしは気《き》の方《かた》（気鬱《きうつ》の病《やまい》）に陥《おちい》り、乳の出も悪くなってしまいました……。そんなあたしを救ってくれたのが義母《はは》でした。義母《はは》は不肖《ふしょう》の息子を持ったばかりに嫁のおまえにこんな苦労をかけてしまったと頭を下げ、自分も息子のことはもう忘れることにしたので、おまえも前を向いて歩いてほしい、おまえにはお徳《とく》と為一という二人の子がいるのだから、子供たちのためにも気を強くして生きていかなくてはならないのだよ、と言ってくれましてね……。義母《はは》とはそれまで反《そ》りが合わなかったのですが、それからというもの、義母《はは》が陰になり日向《ひなた》になりしてあたしを励《はげ》まし、家業の焼き接ぎ屋を支《つ》えてくれましてね。あたし、義母《はは》が焼き接ぎの技《わざ》を習得《しゅうとく》していたとは知りませんでした……。元々、亡くなった義母《はは》の連れ合いが腕のよい焼き接ぎ師で、義母《はは》は病がちだった連れ合いから技を教え込まれたといいます。自分に万が一ということがあったら、その技を生かして屋台骨《やたいぼね》を支え、息子為五郎《ためごろう》を一人前の焼き接ぎ師に育てるようにということだったのでしょう。それが、現在《いま》になって役に立つとは……。お陰で、為五郎がいなくなっても、忽ち路頭《たちまちろとう》に迷うことはありませんでした……」

「じゃ、ご亭主がいなくなったせいで、おまえさんと姑《しゅうとめ》の仲が甘《うま》くいくようになったってことかえ？」

おきわがそう言うと、お麻はふっと寂しそうに片頬《かたほお》を弛《ゆる》めた。

「皮肉なものですね……。端《はな》からあたしが義母《はは》と甘くやっていれば、あの男《ひと》は嫌気《いやけ》がさして家を出ようと思わなかったかもしれないのに……」

おきわは咄嗟《とっさ》に、違う！　と思った。

確かに、為五郎はお麻と姑の間に揉《も》め事が絶《た》えなかったことに嫌気がさし、そのため、品川宿門前町の料理屋に焼き接ぎした皿を届けに行きそのまま姿を晦《くら》ましたのかもしれないが、為五郎には娘がいて、しかも、お麻のお腹《なか》には産み月近くの赤児《やや》までいたのである。

それなのに、嫌気がさしたからといって、母親や妻子《さいし》を放り出す男がどこにいようか……。

やはり、他に何か理由《わけ》があるとしか思えなかった。

去年の年の瀬のことである。

お麻は皿を納《おさ》めに行くと言って横浜村を出て一月《ひとつき》経っても戻って来ない亭主の身を案じ、産み月近くになった大きな腹を抱《かか》えて、一人、門前町を訪ねて来た。

ところが、皿を納めると聞かされていた料理屋から返ってきたのは、為五郎という焼き接ぎ師など知らない、と鮸膠《にべ》ない返事……。

では、皿を納めるということまでが、万八だったのであろうか……。

お麻はこの先一体どうしたものかと思案《しあん》に暮れ、腹拵《はらごしら》えと身体を休める意味で入った彦蕎麦で、突然、陣痛《じんつう》に見舞われたのである。

彦蕎麦は上を下への大騒動となった。

直《ただ》ちにおきわは産婆《さんば》を呼びにやらせたのであるが、お麻は見世の中で破水《はすい》してしまい、一刻の猶予《ゆうよ》もない。

それで、急遽《きゅうきょ》、お麻を立場茶屋おりきの使用人部屋である二階家に運び、とめ婆《ばあ》さん、キヲ、榛名《はるな》の手で出産させることにしたのである。

お麻は無事に男児を出産した。

が、産後すぐにはお麻が動けないため、とめ婆さんが二階家の自分の部屋でお麻母《おや》子《こ》の世話をすることになったのである。

お麻から事情を聞いた亀蔵親分は、門前町ばかりか南北両本宿《なんぼくりょうほんしゅく》、歩行新宿《かちしんしゅく》まで手を広げ、為五郎の行方《ゆくえ》を探《さぐ》ってくれた。

が、終《つい》しか、お麻母子《おやこ》が横浜村に引き上げるそのときまで、為五郎の行方は判明しなかったのである。

大晦日《おおつごもり》を翌日に控《ひか》えた日、お麻は赤児《やや》を抱いて横浜村に引き上げることになった。

「永いことお世話になりました」

お麻はおりきの前で頭を下げた。

お麻と姑の仲が甘くいっていないと聞いたおりきは、気遣《きづか》わしそうに訊《たず》ねた。

「お麻さん、本当にそれで宜《よろ》しいのね？」

「ええ……。こちらで世話になっていることや男の子が生まれたことを知らせたのですが、結句、義母《はは》からは文のひとつも届きませんでした。けれども、それは義母《はは》がまだこの子の顔を見ていないからだと思います。この子の顔を見れば、きっと……。だって、この子、うちの男《ひと》にそっくりなんですよ」

「名前もまだついていませんね」

「うちの男《ひと》の行方が未《いま》だに判らないのですもの……。だから、義母《はは》につけてもらうことにしました」

「ああ、それがよいですわ！　お麻さん、もうすっかり覚悟がお出来になったようですね」

おりきは安堵《あんど》し、お麻母子《おやこ》を横浜村に送り出したのである。

あれから十月《とつき》……。

どうやら嫁姑《よめしゆうとめ》の間は甘くいっているようであるが、それにしても、おきわはまだ見ぬ為五郎という男に業《ごう》が煮《に》えて堪らなかった。

どんな理由《わけ》があるにせよ、一旦、人の子の親となったからには、そんな手前勝手《てまえがって》が許されるわけがない。

が、何はともあれ、犬猿《けんえん》の仲だった嫁姑が、現在《いま》は仲睦《なかむつ》まじく暮らしているというのであるから、それはそれで悦《よろこ》ばなければならないだろう。

そう言えば、あとからおりきに聞いたことなのだが、お麻はおりきにこう言ったというではないか……。

「うちの男《ひと》が姿を消してからというもの、あたしは毎日のように、義母《はは》から息子はおまえに愛想尽《あいそづ》かししたから出て行ったのだと詰《なじ》られました。その度《たび》にカッと頭に来てあたしも言い返していましたが、それが悪かったのですね。義母《はは》の言葉はまんざら外《はず》れていたわけではないのですもの……。もしかすると、あの男《ひと》があたしと義母《はは》の諍《いさか》いに嫌気がさして戻って来なくなったのだとしたら、やはり、原因はあたしにもあるのですものね……。ですから、一から義母《はは》とやり直してみようと思います。二人も子がいるのですもの、あたしたちが仲睦まじく暮らしているのを知ると、あの男《ひと》もいつかは戻って来てくれるのではなかろうかと思って……。実は、これはとめさんに言われたことでしてね。人というものは好意を持って接してやると、必ずや、相手も自分のことを好きになってくれる、逆に、相手を嫌《きら》いだと思えば、必ず向こうも自分のことを嫌っているものなんだ、だから、姑から疎《うと》まれてもおまえは好きだと思って接するんだ、そうすれば、姑もいつかはおまえのことを好いてくれるようになるって……。あたし、目から鱗《うろこ》が落ちたような気がしました。考えてみれば、あたしはいつも義母《はは》を疎ましく思っていたんですよ……。ですから、これからは義母《はは》を好きになるように努《つと》めます。それでないと、二人の子が可哀相《かわいそう》ですものね」

ああ、お麻は姑の態度が掌《てのひら》を返したかのように変貌《へんぼう》したと言ったが、それはお麻なりに努力したからに違いない……。

おきわは納得したとばかりに、頬《ほお》を弛めた。

そうして、何気なく為一に目をやると、なんと、つい今し方まで蕎麦搔きを匙で搔き回していた為一が、畳《たたみ》に突っ伏し眠っているではないか……。

おきわとお麻は顔を見合わせ、くすりと肩を揺《ゆ》らした。

お麻は旅籠に廻《まわ》り、おりきに挨拶《あいさつ》をしてくると言い、彦蕎麦の水口《みずぐち》から出て行った。

水口の外には立場茶屋おりきの裏庭へと通じる枝折《しお》り戸がある。

お麻は枝折り戸を潜《くぐ》った。

すると、洗濯物を取り込んでいたさつきが目敏《めざと》くお麻に目を留《と》め、ああァ、と大声を上げて駆け寄って来るではないか……。

「お麻さんじゃないですか！　えっ、すると、この子があのときここで生まれた坊？　まあなんて大きくなったんだろう……」

さつきが目を輝かせて、抱いてもいいか、とお麻に目まじする。

「確か、さつきさんでしたよね？　あのときは本当にお世話になりました。ええ、どうぞ、抱いてやって下さいな」

お麻が為一をさつきに渡しながら、ちらと二階家を窺《うかが》う。

とめ婆さんを気にしているのであろう。

「とめさんですか？　ええ、息災にしていますよ。呼んで来ましょうか？　とめさァん、とめさァん！」

さつきの大声に子供部屋の扉《とびら》が開き、貞乃《さだの》やキヲ、子供たちが飛び出して来る。

「まあ、驚いた！　お麻さんじゃないですか……」

「てことは、ひょっとして、この子があのときの？」

貞乃とキヲが下駄《げた》を履《は》くのももどかしげに寄って来ると、子供たちもぞろぞろと後に続いた。

「えっ、この子、去年、おばちゃんがとめ婆さんの部屋で産んだ子？」

「ねっ、ねっ、なんて名にしたの？」

「ワッ、大きいんだ！　うちのお初《はつ》も赤児《やや》にしては大きいっておっかさんが言ってたけど、この子のほうがもっと大きい！」

「莫迦《ばか》だね、みずきちゃんは！　この子は男の子だもの。それに、みずきちゃんの妹より少し前に生まれたんだから、大きいに決まってるじゃないか！」

おせんが鬼の首でも取ったかのような言い方をする。

「ねっ、ねっ、抱かせてよ！」

おいねがせがむと、勇次《ゆうじ》がちょいとおいねの頭を小突《こづ》く。

「バァカ！　おめえが抱いて落っことしたらどうするってか。餓鬼《がき》は黙って引っ込んでな」

「何さ！　自分だって餓鬼のくせして……」

「ほらほら、子供たち！　さつきさんが坊を落としそうになってるじゃないか……。下がった、下がった！」

キヲがさつきと子供たちの間に割って入る。

と、そこに、二階家のほうからとめ婆さんが腰を屈《かが》めてやって来た。

とめ婆さんはお麻の姿を目に留めると、金壺眼《かなつぼまなこ》をしわしわとさせた。

「おまえはあのときの……」

「お麻です。その節はすっかりお世話になってしまいました。とめさんや皆さんがいらっしゃらなかったら、あたし、どうなっていたか……。見てやって下さいな。この子があのとき皆さんに取り上げてもらった為一です」

お麻がさつきの腕から為一を引き取ると、慣《な》れた手つきで抱え直し、とめ婆さんに見せる。

とめ婆さんは感慨深《かんがいぶか》そうに目を細めた。

「ほう、この子が……。てことは、現在《いま》……」

「十月《とつき》です。まだ片言《かたこと》を話すことも伝い歩きも出来ませんが、此《こ》の中《じゅう》、やっと食べ物を口にすることが出来るようになりましたの」

「十月《とつき》にしちゃ、少し身体が大きいんじゃないかえ？」

「ええ、父親《てておや》が大柄な男《ひと》ですし、それに、よく食べますの」

「そうかえ、それは良かった！　で、おまえ、これからどうするのかえ？」

「女将さんに挨拶をと思いまして……」

「ああ、帳場にね。じゃ、それが終わったら、もう一度戻っておいでよ。そうだ！　おまえ、今宵《こよい》はあたしの部屋に泊まるといい。これからじゃ、横浜村に戻るのは無理だろうからさ」

「でも、さつきさんがお困りになるのでは……」

「なに、さつきはこの間みたいに子供部屋で寝かせるから……。ねっ、皆、それでいいだろう？」

　とめ婆さんがさつきや貞乃の顔を窺う。

「ええ、構いませんよ」

　貞乃もさつきも慌てて頷《うなず》いた。

「それで決まりだ。さっ、行っといで！　榛名におまえの夕餉《ゆうげ》も作るようにと言っておくからさ。てことで、さっ、子供たちも中に入った、入った！」

　元々、皆を仕切ることの好きなとめ婆さんである。

　とめ婆さんは味噌気《みそけ》に言うと、子供たちを追い立てた。

旅籠の玄関先では下足番見習《げそくばんみならい》の末吉《すえきち》が打ち水をしていた。

末吉がお麻の顔を見ると、狐《きつね》につままれたような顔をして目を瞬《しばたた》く。

「おめえさん、あんときの……」

「横浜村のお麻です。女将さんはいらっしゃいますか？」

末吉は答える代わりに大仰《おおぎょう》な仕種《しぐさ》で頷くと、挙措《きょそ》を失い帳場へと駆けて行った。

そうして、少し間を置いて出て来ると、

「どうぞお入り下《へえ》せえ。丁度、亀蔵親分がお越《こ》しでやすんで……」

と言った。

亀蔵親分もいるというのであれば、こんな好都合《こうつごう》はない。

あとで亀蔵のところにも挨拶に行かなければと思っていたお麻は、ほっと安堵の息を吐いた。

お麻が少しぐずり始めた為一をあやしながら帳場へと入って行く。

「ご無沙汰《ぶさた》して申し訳ありません」

お麻が障子《しょうじ》を背に深々と頭を下げると、おりきはふわりとした笑《え》みを寄越《よこ》した。

「お麻さん、お久し振りですこと！　たった今、末吉からおまえさまがおいでになったと聞き、胸を弾《はず》ませていましたのよ。さあ、もっと傍に寄って、坊の顔を見せて下さいな」

「おっ、お麻、息災そうじゃねえか！　なんと、この子があのときの子か……。へえェ、男の子ってェのは、十月《とつき》もすればこんなにもしっかりするのかよ。確か、うちのお初と半月も違わなかったと思ったがよ……。お初も女《おな》ごの子にしては大きいほうだと思ったが、こいつには敵《かな》わねえや……」

亀蔵が為一を抱こうと手を出すと、為一は今にも泣き出しそうな顔をしてお麻にしがみついた。

「おやまっ、親分、随分《ずいぶん》と嫌われましたこと！」

おりきが茶の仕度《したく》をしながら、くくっと肩を揺する。

お麻が気を兼ねたように肩を竦《すく》めた。

「いえ、決して嫌ったわけじゃ……。眠っていたのを起こしてしまったものですから、それで少しご機嫌斜《きげんなな》めなだけですの」

「では、彦蕎麦にはもう？」

「はい。夕餉時《ゆうげどき》になると見世が忙しくなると思って……。あっ、ここもそうなんですよね？」

「大丈夫ですよ。おっつけ泊まり客が見えるでしょうが、わたくしの出番はまだ先ですので構いません。さっ、お茶をどうぞ！　そうだわ、坊を座布団《ざぶとん》に寝かせては……」

お麻が座布団の上に為一を寝かせ、腹の上をポンポンと軽く叩《たた》いてやると、為一は指をしゃぶりながら眠りについた。

「なんてお名前？」

「為一といいます」

「あんとき、おめえは姑に名前をつけさせると言っていたが、じゃ、姑が息子の名の一字を取って、為一とつけたっていうんだな？」

亀蔵がでれりと目尻を下げて為一を覗き込む。

「はい。為一という名は、元々、為五郎のおとっつァんの名で、焼き接ぎ師としてよい腕を持っていたそうです」

「ほう、じゃ、この子は祖父《じい》さまから名前《なめえ》を貰ったというわけか……。おっ、見なよ、眠っちまったぜ。チュッチュッと指をしゃぶりながらよ……。なんでェ、なんでェ、男の子ってもんはこうまでめんこいものなのかよ……」

亀蔵が羨《うらや》ましそうに呟く。

つがもない（他愛《たあい》もない）……。こんなところで、こうめの第二子に男児を切望《せつぼう》していた亀蔵の本音《ほんね》がぽろりと出てしまうとは……。

おりきは亀蔵の気を逸《そ》らそうと、お麻に訊ねた。

「それで、その後、為五郎さんの消息は判りましたの？」

「おう、俺が訊《き》きたかったのも、そのことでよ……」

亀蔵もさっとお麻に視線を移す。

「それが……。さっき、おきわさんにも話したんですが、三月頃、あの男《ひと》から文が届きまして……」

「なに、文とな！」

「為五郎さんが文を寄越したというのですね？」

おりきと亀蔵が身体を乗り出す。

「あの男《ひと》の字に間違いありませんでした。けど、どこにいるとも何をしているとも書いてなく、ただ、済まない、俺のことは死んだと思ってくれ、母と子を頼む、とたったそれだけで……。死んだと思ってくれとは、もう二度と戻らないということ……。あたし、完全に捨てられたのだと思いました……」

「なんでェ、それは！　女房にてめえの母親や子を押しつけて、自分だけが勝手をしようとは男の風上《かざかみ》にも置けねえ！　俺《おり》ャよ、責めを負《お》おうとしねえ、そういった手合《てあい》がいっち、いっち許せねえのよ」

亀蔵が憎体《にくてい》に言う。

「けれども、それは酷《ひど》い話ですこと……。それで理由は？　何ゆえ、そんなことをしなければならなかったのか、その理由は書いてなかったのですか？」

お麻が苦渋《くじゆう》に満ちた目をして頷く。

「あたし、何ゆえ、あの男《ひと》がそんなことをしなければならなかったのか考えてみました。けれども、あたしと義母《はは》の折り合いが悪く、諍いが絶えなかったこと以外に思い当たりません……。でも、それが理由なら、あの男《ひと》が家を出なくても、あたしを離縁すれば済む話です。ですから、どうしても納得がいかなくて……」

「お麻さんの気持はよく解ります。それに、一家の大黒柱《だいこくばしら》に出て行かれたのでは、忽ち立行《たちいき》していくのに困りますよね」

おりきが気遣わしそうにお麻を瞠《みつ》める。

「ああ、そのことは……」

お麻は姑が不肖の息子を許してくれと頭を下げたことや、姑が舅《しゆうと》から焼き接ぎの技を教え込まれていたので、現在《いま》は職人を使ってなんとか家業を廻していくことが出来るのだと説明した。

「まあ、お舅さんはなんて先見《せんけん》の明が……。一家の主人《あるじ》に何事かあっても困らないように嫁を仕込んでいたとは……」

おりきが感心したように言う。

「それもこれも、為五郎さんのおとっつァんが病がちだったからです。幼い息子が一人前になるまで自分の生命《いのち》が保《も》たないと思ったからこそ、義母《はは》に焼き接ぎの技を習得させ、いずれ息子にその技を伝えさせようと……。ですから、現在《いま》、あたしも義母《はは》から学ばせてもらっていますの。為一が一人前になるまで義母《はは》の生命《いのち》が保たなかった場合のことを考えて……」

「偉《えれ》ェ！　おっ、お麻、見直したぜ」

「では、当面《とうめん》、生活《たつき》に困ることはないが、先々のことを考えてお麻さんも修練《しゅうれん》を積んでいるということなのですね？　それで、為五郎さんのことはもうすっかり諦めがついたと？」

おりきがお麻に目を据える。

「…………」

お麻は唇を噛《か》み、目を伏せた。

「そのつもりでいました……。けれども、一月《ひとつき》前に為五郎の幼馴染《おさななじみ》が歩行新宿の露月《ろげつ》楼《ろう》という女郎屋《じょろうや》の飯盛女《めしもりおんな》が、横浜村の焼き接ぎ師のことを面白《おもしろ》おかしく噂していたと知らせてくれましてね」

「なに、露月楼だって!」

亀蔵が大声を上げる。

眠っていた為一が驚いたように手脚《てあし》をびくりと動かし、おりきが慌てて、しっ、と唇に指を当て亀蔵を睨《ね》めつけた。

「去年、俺も露月楼には探りを入れたんだぜ? そんとき、消炭《けしずみ》は何も言っていなかったが……。で、なんて言ってた? 為五郎がどうしたって?」

亀蔵が声を圧《お》し殺し、ひと膝《ひざ》、お麻に躙《にじ》り寄る。

「なんでも、去年の十一月頃といいますから、丁度、あの男《ひと》が姿を消した頃のことなんですが、露月楼に五日も居続けの男がいたそうで……。飯盛女は幼馴染に男の名前までは教えてくれなかったそうですが、男が横浜村で焼き接ぎ師をやっていると言ったというので、為五郎に間違いなかろうと……。その居続けの男はいよいよ手持ちの金がなくなると、男の相手をした浦里《うらさと》という女ごに一緒に逃げようと迫ったというのですよ。ところが、浦里は寝言《ねごと》は寝て言いな、誰がおまえなんかと、と鼻でせせら笑ったそうでしてね……。金があるうちはおまえとは鰯煮《いわしに》た鍋《なべ》(離れがたい関係)、諸《もろ》白髪《しらが》となるまで一緒にいようと甘い言葉を囁《ささや》いていたくせに、すかぴん（無一文）となるや掌を返したみたいな女ごの言葉に、カッと頭に血が昇《のぼ》った男が隠し持っていた匕首《あいくち》で女ごの顔を切りつけ、消炭や遣手《やりて》を振りきって逃げたそうなんですよ……。女ごは生命《いのち》まで奪《うば》われることはなかったそうですが、商売道具の顔に五寸もの傷を作られたのでは、二度と客の前に出せないというので、見世では躍起《やっき》になってその男の行方を捜《さが》したそうです。けれども、男は姿を消したきりで……。幼馴染にその話をした女ごは浦里とは以前から反りが合わなかったのでしょうね。それで、まるで胸晴《むねはらし》でもするかのようにぺらぺらと喋《しゃべ》ったそうでしてね……。幼馴染が言うには、為五郎が去年の十一月頃から姿を消したままということから考えても、浦里を傷つけて逃げた男は為五郎に違いないと……。それを聞いて、あたしは居ても立ってもいられなくなり、なんとしてでも浦里という女《ひと》に逢って、その男が本当に為五郎だったのかどうか確かめたくなって……」

お麻は縋《すが》るような目で、おりきを見た。

「ねっ、女将さん、どう思われます？」

おりきはふうと肩息《かたいき》を吐いた。

「おまえさんが逢いに行って、果たして、その女ごが逢ってくれるでしょうか……。

浦里という女ごにとって、為五郎さんは恨《うら》んでも恨みきれない男……。仮に、その男が為五郎さんでなかったとしても、もしかするとその男は亭主かもしれないとお麻さんが訪ねて行けば、浦里さんにしてみれば心穏《こころおだ》やかでないはず……。それに、お麻さん、幼馴染から現在《いま》浦里さんがどこにいるのか聞いて、そう言っているのですか？」

「………」

「ほら、ごらんなさい。親分はどう思われます？」

おりきに瞠められ、亀蔵は懐手《ふところで》に、うーん、と唸《うな》った。

「俺もお麻が直接訪ねて行くのは猿利口《さるりこう》（浅はか）にしか思えねえ……。それじゃ、飛んで火に入《い》る夏の虫になりかねねえからよ。よし、解った！　俺が明日にでも露月楼を当たってみよう。だがよ、露月楼の奴ら、先《せん》に俺が探りを入れたときには、騒ぎがあったことを隠しやがったからよ！　ふン、今度こそ、目に物見せてやる。待ってやがれ！」

おりきはほっと胸を撫《な》で下ろした。

「お麻さん、ここはひとつ、親分の力をお借りしようではありませんか」

「はい」

お麻も素直に頷いた。

「では、今宵はここに泊まるといいですよ。そうですね、どこに泊まっていただきましょうか……」

「あっ、それは……。彦蕎麦からここに来る途中、とめさんにお逢いしましたら、今宵は何がなんでも自分の部屋に泊まるようにと……。さつきさんを子供部屋に移す手配をして下さったばかりか、夕餉まで榛名さんに頼んで下さいまして……」

まあ……、とおりきは目を瞬いた。

恐らく、とめ婆さんは一年ほど前に自分の手で赤児《やや》を取り上げたことや、お麻母子《おやこ》が横浜村に帰るまでの数日間を共に過ごしたことで、自分の部屋をお麻の実家《さと》とでも思っているのであろう。

「解りました。では、今宵はとめさんや貞乃さま、榛名と肝胆《かんたん》を傾《かたむ》けるとよいでしょう。では、親分、宜しく頼みますね」

「ああ、よいてや!」

亀蔵はお麻を安心させようと思ってか、細い目を糸のようにして、にっと笑って見せた。

その夜、おりきがそろそろ食後のお薄《うす》を点《た》てに客室に上がろうと思っていたところに、幾千代《いくちよ》が訪ねて来た。

幾千代はお座敷帰りのようで、黒紋付裾模様《くろもんつきすそもよう》を粋《いき》に着こなし、いいかえ？　と玄関側の障子をそろりと開けた。

「ええ、宜しいことよ、但し、少々お待ち下さいませ。これからお客さまにお薄を点てて参りますので……」

おりきが帳場の中に入るようにと促すと、幾千代はちらと背後を振り返った。

「幾富士《いくふじ》、待たせてもらおうじゃないか」

「まあ、幾富士さんもご一緒なんですの？」

おりきが驚いたように言うと、幾千代の背後から幾富士が顔を出し、気を兼ねたように小腰《こごし》を屈めた。

「お久しゅうございます」

「まあ、幾富士さん、すっかり息災になられて……。それに、なんて艶冶《えんや》なのでしょう！」

おりきが感嘆の声を上げたのも無理はない。

幾富士は鮫小紋《さめこもん》の紋付の褄《つま》を取り、蹴出《けだ》しも露《あら》わに、ぞくりとするほどの艶《なま》めかしさを漂《ただよ》わせていたのである。

「それがさ、幾富士がおりきさんに折り入っての頼みがあってね。この娘《こ》ったら、一人で来るのが心細いなんて小娘みたいなことを言うもんだから、それで、お座敷を終えて、示し合わせて来たってわけでさ……。あちしたちはおりきさんの用が済むまでここで待ってるから、いいから二階に上がっておくれ！」

幾千代はそう言うと、勝手知ったる我が家とばかりに長火鉢《ながひばち》の傍に坐った。

「では、そうさせてもらいますね」

おりきは二人に目まじすると、二階の客室へと上がって行った。

五部屋ある客室のすべてにお薄を点てて廻り、おりきが帳場に戻ってみると、達吉がおりきに代わって二人に茶を淹《い》れていた。

「今、二番茶《にばんちゃ》を淹れたところでやすが、どうにも女将さんのように美味く淹れられねえ……。へっ、代わりやすんで……」

達吉が慌てて席を替《か》わろうとする。

「なに、結構美味かったよ。ねっ、幾富士？」

「ええ、少なくとも、あたしが淹れるよりずっと美味しかった！」

幾千代と幾富士が顔を見合わせ、目弾《めはじき》をしてみせる。

この面差《おもざ》しから見るに、まんざら世辞口《せじぐち》でもなさそうである。

「それは良かったですこと！」

「またまた、てんごうを……。門前の小僧習わぬ経《きよう》を読むで、あっしも伊達《だて》に大番頭をウン十年やらせてもらっているわけじゃねえんで……」

達吉は照れ臭そうに鼻の下を擦《こす》った。

「それで、わたくしに相談とは……」

おりきが幾富士に目を据える。

「それが……」

幾富士がちらと隣に坐った幾千代を窺う。

「もう、まどろっこしいったらありゃしない！　じゃ、あちしから言うよ。いえね、幾富士の客に麻布宮下町《あざぶみやしたちよう》の京藤《きようふじ》という呉服屋があるんだけどさ。此の中、そこの旦那に幾富士が滅法界《めつぽうかい》気に入られていてね。いえ、勘違《かんちが》いしないでおくれよ。気に入られているといっても、品川宿に来るとお座敷がかかるってだけの話なんだからね……。それでさ、京藤の旦那、どこで聞いて来たのか、ほら、何年か前に、倉惣《くらそう》のご隠居が駒込《こまごめ》の寮《りよう》で巳之《みの》さんに出張料理を頼んだことがあっただろう？」

ああ……、とおりきが記憶を呼び起こす。

「四年くらい前のことになります。ええ、確か、あのときは仲秋だったように思いますが、それが何か……」

「なんと、四年も前のことを現在《いま》になって……。まっ、そんなことはどうでもいいんだが、京藤では白金猿町《しろかねさるまち》の本立寺《ほんりゅうじ》の傍に寮を持っていてね。庭が見事なんだってさ！　広大な敷地に泉水《せんすい》や築山《つきやま》ばかりか、茶室や東屋《あずまや》が点在しているっていうんだから、あちしら下賤《げせん》の者には想像もつかないんだけどさ……。これまでは、そこで梅見《うめみ》、藤見《ふじみ》、螢狩《ほたるが》り、虫聞《むしき》き、観菊《かんぎく》と、得意先を招いて盛大な宴《うたげ》を催《もよお》していたそうなんだけど、倉惣のご隠居が親《した》しい人だけを寮に招き、風情《ふぜい》のある乙粋《おついき》な宴を催したという話をどこからか耳に入れたんだろうさ……。それで紅葉狩《もみじが》りだけは風流《ふうりゅう》に、五、六人の客を招いて立場茶屋おりきに出張料理を頼みたいと、こう来たってわけでさ！　ところが、京藤では立場茶屋おりきと面識がない……。ここが一見客《いちげんきゃく》を取らないことや、よほどしっかりした紹介者がないと、新規でも上がれないってことを知ってたんだろうね。それで、あちしとおりきさんが親しくしていることを聞きつけて、あちしに直接ではなく幾富士に、一度女将や板頭に逢わせてくれないかと頼んできたってわけでさ……。で、どうだろう？　あちしの口から言うのもなんだけど、京藤の得意先は旗本《はたもと》が多く、しかも大奥御用達《おおおくごようたし》というんだから商《あきな》いも太いし、まず間違いない！　一度逢って話を聞いてやっちゃくれないだろうかね」

　幾千代が探るような目でおりきを見る。

「それは構いませんが、今聞いた話では、京藤の寮ではこれまで度々宴席《たびたびえんせき》が開かれたとか……。それならば、名だたる料理屋が仕出しをしてきたと思えますのに、何ゆえ、此度《こたび》はわたくしどもに……。内輪《うちわ》だけの風雅《ふうが》な宴としても、それならそれで、その旨《むね》を伝えてそちらに頼まれれば宜しいのに……」

　おりきが首を傾げる。

「だからさ、立場茶屋おりきの、いや、巳之さんの料理を食べてみたいってことなんだよ！　だったら、誰か紹介者を立てて、ここに来ればいいと思うだろ？　そこが、京藤の意地ってもんでさ。倉惣が出張料理をさせたのなら、自分ちも是非《ぜひ》にってもんでさ……。ここだけの話なんだけど、小耳に挟《はさ》んだ話じゃ、京藤と倉惣は何代も前から犬猿の仲だとか……。呉服屋と札差《ふださし》の間でなんの関《かか》わりがと思うだろうけど、さあ、それだけは当人同士でなきゃ解らない。とにかく、あちしらには関わりのないことでさ！」

「そうですか……。では、巳之吉《みのきち》をここに呼んで、京藤に出張料理が可能かどうか訊ねてみましょう。達吉、巳之吉を呼んで下さい」

達吉が板場に立って行く。

暫くして、巳之吉が帳場に顔を出した。

「お呼びで？」

巳之吉は幾千代と幾富士の姿を認めると、驚いたといったふうに目をまじくじさせた。

「巳之さん、いつぞやは幾富士が世話になったね。ほら、ごらんよ。現在《いま》では、毎晩お座敷に出られるほど、こんなに息災なんだからさ！」

「巳之さん、本当に有難《ありがと》うね！　素庵さまの診療所にいた頃、毎日届く巳之さんの弁当がどれだけ愉《たの》しみだったか……。一日も欠《か》かすことなく、それも毎日違った献立《こんだて》で、あたし、あれがあったからこそ病と闘《たたか》えたような気がします。本当に有難うね！」

幾千代と幾富士が頭を下げる。

巳之吉は照れたように目を伏せた。

「あっしは大《てえ》したことをしたわけじゃありやせんので……。それで今日は何か？」

「巳之吉、いいから中にお入りなさい。実は、今宵お二人が見えたのは、四年前、駒込の倉惣の寮で出張料理をしたときのように、麻布宮下町の呉服屋京藤におまえの出張料理を頼めないかとのことなのですよ……。と言っても、詳《くわ》しい内容はまだ何も聞いていないのですが、おまえにこの話を請《う》けてもよいという腹があるようなら、改めて、京藤のほうから打ち合わせに見えるそうです」

「麻布の京藤……。では、麻布の見世でってことで？」

「いや、違うんだよ。京藤では白金猿町に寮を持っていてね。そこで、紅葉狩りの宴を催したいと言うんだよ」

幾千代がおりきに代わって言う。

「紅葉狩りの宴……。では、盛大な宴席ってことで？　それでしたら、うちは人手《ひとで》が足《た》りやせんので……」

「違う、違うってば！　巳之さんもせっかちなんだから……。話は最後までお聞きよ。実はさ、京藤では、巳之さんが倉惣の寮でした、あんな風流な宴を望んでいるのさ。客も気心《きごころ》の知れた五、六人っていうから、それなら、巳之さんはお手のものじゃないか。とにかく、話だけでも聞いてやっちゃくれないかえ？」

「ええそれはようがすが……。で、いつ、お見えになるんで？」

「それは、明日、幾富士が先方《せんぽう》に伝えれば、すぐにでもやって来るだろうさ。なんせ、紅葉狩りっていうんだから、ここ半月がうちにしなくちゃなんないからさ……」

するとおりきが巳之吉を食い入るように瞠める。

「では、話を聞いてもよいということなのですね？」

「へい。構いやせん」

幾千代と幾富士が安堵したように顔を見合わせる。

「ところで、お二人は夜食を済ませましたか？　わたくしたちはこれからなのですが、よかったら一緒に食べませんこと？」

おりきがそう言うと、二人はまたもや顔を見合わせた。

「猟師町に戻ってから食べるつもりで、まだ食べてはいないんだけどさ……」

「でしたら、是非、ご一緒に！　と言っても、夜食はお腹にもたれない簡単なものなのですけどね」

「けど、うちでもお半《はん》が何か作って待っているだろうから……」

「あっ、お半さんがね……。でしたら、無理強《むりじ》いするわけにはいきませんわね」

おりきの脳裡《のうり》に、お半の顔がつっと過《よ》ぎった。

おたけが幾千代の家のお端女《はした》だった頃には、食事の仕度をして待っているおたけのことなど微塵芥子《みじんけし》ほども思わなかったというのに、つい、お半の気持になってしまう。

それがどこから来るものなのか、おりきには解っていた。

おりきは幾千代の家に入るまで女ごとしてあまりにも不憫《ふびん》な来《こ》し方《かた》をしてきたお半が気にかかってならず、どこかしら身内のように思えてならなかったのである。

「お半さん、よくやっています?」

おりきがそう言うと、幾千代は目を細めた。

「ああ、よく我勢《がせい》してくれてるよ。正《まさ》な話、お半に来てもらえて、うちはどれだけ助かってるか！　ふふっ、なんだえ、おりきさんのその顔……。まるで、おっかさんが娘のことを褒《ほ》められたみたいな顔をしちゃってさ！」

幾千代が幾富士に、ねっ、と目まじする。

ああ、なんとでも嗤《わら》っておくれ……。

肉親のように思う女ごを褒められて、これが嬉《うれ》しがらないでいられようか……。

おりきは満足そうな笑みを浮かべた。

「まあ……。では、あすなろ園の子供たちがター坊の面倒を見てくれてるのですか！」

おりきが茶を淹れながら、驚いたように言う。

「ええ。女ごの子たちばかりか、勇坊《ゆうぼう》たち男の子までが交替で為一の世話をしてくれていますの。でも……」

お麻はくすりと肩を揺らした。

「可笑《おか》しいったらありゃしない！　とめさんが子供たちに委《まか》せていたら何があるか判らないって、部屋の隅《すみ》に坐り込んで子供たちを睨《にら》みつけてるんですもの……」

「まあ、とめさんが……」

とめ婆さんの姿が目に見えるようで、おりきも思わず頰を弛めた。

恐らく、とめ婆さんは自分が為一を取り上げたという自負《じふ》から、為一のことを孫のように思っているのであろう。

それにしても、現在《いま》は四ツ半（午前十一時）……。

洗濯女とめ婆さんには現在《いま》が一番忙しいときというのに、では、洗濯はさつきに委せっぱなしということなのであろうか……。

浅草東仲町《あさくさひがしなかちょう》の水茶屋《みずぢゃや》で茶汲女《ちゃくみおんな》をしていたさつきを、自分の後継者《こうけいしゃ》にと身請《みう》けしてきて一年と少し……。

あの口うるさいとめ婆さんが、さつきに洗濯を委せっきりにして平気でいられるということは、恐らく、思いの外《ほか》さつきの飲み込みが早く、いつ独《ひと》り立ちをしてもおかしくないほどに腕を上げたということなのだろう。

が、それは、とめ婆さんには嬉しくもあり、寂しくもあるということ……。

七十路《ななそじ》に近いとめ婆さんには、近いうちに一線で動けなくなることが解っていて、それでさつきに手を差し伸べ自分の後釜《あとがま》にと考えていたのだが、さつきがとめ婆さんの手を借りずに何事も熟《こな》せるようになったということは、とめ婆さんの身を退《ひ》く日も近いということなのだろう。

おりきには、とめ婆さんが為一にこれほどまでに肩入《かたい》れするのは、強《あなが》ち我が手で取り上げたという理由からだけでなく、自《みずか》らの寂しさを紛《まぎ》らわせるためのように思えてならなかった。

「でも、とめさんのお陰で、昨夜は久し振りにゆっくりと眠らせてもらいました。襁褓《おしめ》を替えるのも、粥《かゆ》を食べさせるのも、すべてとめさんがやって下さって……。横浜村では、義母《はは》に焼き接ぎの仕事をやってもらっているので、子供の世話までは頼めませんからね……。現在《いま》の義母《はは》は我が家の大黒柱です。一日でも永く息災でいてもらいたいので、大切にしなくてはなりませんもの……」

お麻がしみじみとした口調《くちよう》で言う。

「それで現在《いま》、上のお子さまは？」

「娘ですか？　あの娘《こ》はもう六歳ですので、大概《たいがい》のことは自分で出来ます。それに、今年から手習指南所に通い始めたので、お端女がいてくれれば、あたしが傍についていなくても大丈夫ですの」

「そうですか……。ところで、一つお訊きしたいと思っていたのですが、お義母《かあ》さまは此度お麻さんがここに来ることをご存知なのですね？」

おりきがお麻の顔を窺う。

「ええ、話しました。けど、義母《はは》は幼馴染が言ったことには疑心暗鬼《ぎしんあんき》で……。浦里という女《ひと》の顔を傷つけたのが為五郎だとすれば、それなら尚《なお》のこと、為五郎は人前に出て来られないだろう、自分は母親だから解る、あの子は存外に小心者《しょうしんもの》で、しかも、身内に対しては殊《こと》に見栄《みえ》を張りたがる男だから、そんなことをしたのでは、恥ずかしくてとても皆の前に出て来られないだろう……、とそう言っていましたからね。けれども、あたしが露月楼を訪ねることには異を唱《とな》えませんでした。恐らく、あたし自身の目で現実を見定め、そのうえで、心に区切《けじめ》をつけるようにと仕向けられたのでしょう」

「ああ、そこまでお麻さんとお義母《かあ》さまの心は一つになれたのですね。これで安心いたしました。あとは、親分が何を調べてきて下さるか待つのみです」

おりきがそう言ったときである。

まるで計《はか》ったかのように、亀蔵が帳場に顔を出した。

「おっ、いた、いた……」

亀蔵はお麻の顔を見るなりそう言い、長火鉢の傍にどかりと腰を下ろすと、喉《のど》がからついた、早《はえ》ェとこ茶をくんな、と言った。

「それで、どうでした？」

おりきが茶を淹れながら訊ねると、亀蔵は苦々《にがにが》しそうに首を振ってみせた。

「どうもこうもねえのよ……。おっ、済まねえ」

亀蔵は湯呑《ゆのみ》を鷲摑《わしづか》みにすると、一気に茶を飲み干《ほ》した。

そして、やっと人心地《ひとごこち》ついたという顔をすると、ふうと太息を吐く。

「露月楼の奴ら、やっぱ、俺に万八を吐いてやがった……。去年、俺が横浜村の焼き接ぎ師について何か知らねえかと訊いたときには、女郎を買いに来る客のことなどいちいち憶《おぼ》えていられねえとか、自分の見世ではここ何年もびり出入《でいり》（男女間のもつれ）があった例《ため》しがねえと嘯《うそぶ》いてやがったくせして、おめえんちの女郎が客にぺらぺら喋ったのは、ありゃ万八だったのかよ、と大声でどしめいてやったら、掌を返《けえ》したみてェに、へっ、実は……、と来やがった」

亀蔵は再び茶の催促《さいそく》をすると、徐《おもむろ》に続けた。

「去年の十一月、横浜村の焼き接ぎ師が浦里という飯盛女の顔に大怪我《おおけが》をさせて逃げたという話は本当でよ。但し、男は名を名乗らなかったそうだ。それで浦里が閨《ねや》で執拗《しつよう》に訊ねたところ、金《きん》、と答えたというんだが、これは誰が考えても偽名《ぎめい》だ……。確かに、焼き接ぎは金と切っても切れねえが、それじゃ、いかにいっても出来過ぎていて咄嗟《とっさ》に吐いた万八としか思えねえからよ……。露月楼では名前《なめえ》が判らねえんじゃ捜し出すのは無理と諦めたそうだが、かと言って、浦里は飯盛女としては使えねえ……。それで、浦里が残した借金は、飯炊き、洗濯といった下働きをさせて支払わせることにしたというのよ。つまり、浦里は名前《なめえ》をただのお里《さと》に替えて、現在《いま》も露月楼にいるってことでよ。それで、俺ャ、浦里に逢ってみることにしたのよ……。ところが、これが酷《ひで》ェご面相《めんそう》になっていてよ……」

亀蔵は苦虫《にがむし》を嚙み潰《つぶ》したような顔をした。

おりきとお麻が固唾《かたず》を吞《の》んで亀蔵を瞠める。

「それがよ、頰骨《ほおぼね》の端《はし》っこから唇にかけて、つっと傷跡《きずあと》が残っていてよ……。見ようによっては耳まで口が裂《さ》けてるように見え、気色悪《きしょくわり》ィのなんのって……。あれじゃ、客ばかりか仲間内でも退いちまう……。浦里の奴、泣いてたぜ。女郎が閨で私語《ささめごと》（睦言《むつごと》）に心にもないことを囁《ささや》くのはお愛想《あいそ》で、それを真《ま》に受けて、騙《だま》しただの手玉《てだま》にとっただのと激怒して、女ごにとって生命《いのち》の次に大切な顔を傷つけるなんて……、こんなことになるのなら、いっそのこと、ひと思いに殺してくれればよかったのだ、そしたら、生き恥を晒《さら》し、ここで飯炊きなんてしなくても済んだものを……、とそう言って、あの男が許せない、露月楼はあたしにただ働きをさせて元が取れるかもしれないが、あたしは生涯あの男を呪《のろ》ってやる！　そう言って、髪を振り乱して泣き崩れてよ……。切《せつ》ねえなんてもんじゃなかったぜ。そんな理由《わけ》で、終しか、お麻が亭主のことを訊きたくて門前町まで来ているってことを言えなかった……。済まねえ。こんなことしか聞き出せなくてよ」

亀蔵が気遣わしそうにお麻を見る。

お麻は黙って亀蔵の話を聞いていたが、納得したように頷いた。

「恐らく、その男は為五郎だったのだと思います。今やっと、義母《はは》が言っていたことが解ったような気がします。義母《はは》は幼馴染から浦里さんのことを聞いたときから、その男が為五郎だと確信していたのでしょう。義母《はは》が言っていました。為五郎は一人息子なので甘やかしてはならないと、つい厳しく躾《しつ》けてしまった、一日も早く一人前の焼き接ぎ師になれとばかりに、泣き言や言い訳を許さず常に叱咤《しった》してきたが、そのせいで、あの子は母親の前ではよい息子を演じてみせ、裏に廻ると使用人に辛《つら》く当たってみたり、犬猫を苛《いじ》めるような男になってしまったのだ、それで嫁でも貰えば少しは寛容《かんよう》な心が持てるかと所帯を持たせたのだが、今度は嫁姑の狭間《はざま》に立たされ、あの子はどちらの側にもつけないまま悶々《もんもん》とし、結句、遊里の女ごに逃げようとしたんだよ……、とそんなふうに言われましてね。あたしには義母《はは》の言おうとすることが俄《にわか》には理解できませんでしたが、現在《いま》ではよく解ります」

お麻は寂しそうに笑った。

「では、もう為五郎さんを捜し出すのは諦めたと？」

おりきがお麻に訊ねると、お麻は唇を噛み締《し》めた。

「捜したところで、あの男《ひと》は決してあたしたちの前に出て来ようとしないでしょう。為五郎の文に自分のことは死んだと思ってくれとありましたが、あれはこのことだったのでしょう」

「なんと、為五郎という男は尻《けつ》の穴の小せェ男よ！　まっ、諦めるんだな。おめえにゃ、二人の可愛い子がいるんじゃねえか。おっ、そりゃそうと、為一はどうした？」

亀蔵が今初めて気づいたとばかりに、帳場の中を見廻す。

「あすなろ園で子供たちが世話をしているのですって……」

おりきがくくっと笑う。

「あすなろ園で……。そうかよ。じゃ、俺もちょいと覗いてくるかな。おっ、なんでェ、おりきさんのその顔は！　俺ャ、みずきの顔を拝《おが》んでくると言ったんで、別に、為一に逢いてェわけじゃねえんだからよ！」

亀蔵が憮然《ぶぜん》とした顔をして、帳場を出て行く。

「まあ、痩《や》せ我慢《がまん》をして！　素直じゃないったらありゃしない……。親分はね、孫二人がどちらも女ごの子だったものだから、お麻さんやお義母《かあ》さまが羨《うらや》ましくて堪らないのですよ、きっと！」

するとお麻がきっと目を上げた。

「あたし、為一のことを必ずや立派な男に育ててみせます！　男らしくて心の広い、何事にも責めを負うことの出来る男に……。叶《かな》うものなら、焼き接ぎ師を継《つ》いでほしいと思います。けど、無理強いすることは決してしないつもりです。そのことは、義《は》母《は》と為五郎が教えてくれました……。子は厳しく躾けるだけでは駄目なのだ、ときには優《やさ》しい心で接してやり、存分に愛《いと》おしんでやらなければならないのだと……」

おりきが頷く。

「よく言って下さいました。それが解っただけでも、此度のことは決して無駄ではなかったのですからね。それで、いつ、横浜村に戻られますか？」

「中食を済ませたら、すぐに出立《しゅったつ》したいと思います。義母《はは》や娘が待っているので、一刻も早くこのことを知らせてやりたいと思います。それで……」

お麻はそう言うと、傍《かたわ》らに置いた風呂敷《ふろしき》包みを解《ほど》いた。

中から手絡《てがら》が数枚出てきた。

「夜なべして、端布《はぎれ》で作ってみましたの。あたしに出来ることといったらこのくらいのことですが、彦蕎麦のおきわさんや女衆《おなごし》、そして女将さん、貞乃さま、キヲさん、榛名さん、とめさんで分けて下さいませ。本当は他の女衆全員に行き渡るほどあればよかったのですが、出掛けるまでにこれだけ作るのがやっとで……」

まあ……、とおりきの胸に熱いものが衝き上げてくる。

家事や子供の世話、そして焼き接ぎの仕事まで憶えなくてはならないというのに、その合間を縫《ぬ》って、皆に誠意を尽くそうとは……。

「悦んで受け取らせてもらいますよ。皆も悦ぶと思います。では、中食はここでわたくしと一緒に食べませんこと？」

おりきがそう言うと、お麻は、でも……、と気を兼ねたように上目《うわめ》におりきを窺った。

「きっと、とめさんが一緒に食べようと待っていると思いますんで……」

「あら、大丈夫ですよ。とめさんもここで一緒に摂ってもらうことにしますので、ねっ、それならいいでしょう?」

そう言うと、お麻は眉を開き、嬉しそうに微笑《ほほえ》んだ。


お麻と為一は中食を済ませ、おりきが呼んだ四ツ手（駕籠《かご》）に揺られて横浜村へと帰って行った。

街道まで出て見送ったおりきは、旅籠に引き返そうと背を返し、おやっと目を瞠《みは》った。

とめ婆さんが門柱の陰に佇《たたず》んでいるのが目に留まったのである。

なんと、とめ婆さんが前垂《まえだ》れを顔に当て、噎《むせ》び泣いているではないか……。

とめ婆さんは帳場でおりきたちと共に中食を摂ったのであるが、下足番の吾平《ごへい》が四ツ手が来たと知らせに来て、では、一緒に見送りをと誘《さそ》っても、頑《がん》として首を縦《たて》に振ろうとしなかったのである。

「見送りだなんて天骨《てんこち》もない！　一体、何様のつもりかえ……。あたしゃ、忙しいんだ。さつきに何もかもを委せっぱなしってわけにはいかないんでね」

とめ婆さんはぞんん気にそう言うと、じゃ、達者《たっしゃ》でな！　とくるりと背を向け、洗濯場に引き返してしまったのである。

が、どうやら、それはとめ婆さんの照れ隠しだったようである。

とめ婆さんはおりきの視線に気づくと、ハッと前垂れを顔から外《はず》し、怒ったようにおりきを睨みつけ、逃げるようにして通路から中庭へと駆けて行った。

「…………」

おりきには言葉もなかった。

が、知らず知らず頰が弛んでくる。

如何《いか》にも、とめ婆さんらしいではないか……。

おりきは衝き上げる可笑しさを堪《こら》え、旅籠へと戻った。

京藤の番頭真佐吉《まさきち》がやって来たのは、それから四半刻《しはんとき》（三十分）後のことだった。

歳《とし》は吾平とおっつかっつのようなので、五十路半《いそじなか》ばといったところであろうか……。

「この度《たび》は突然のことだというのに、なんでも無理を聞いていただけるとか……。今朝、幾富士さんから文を頂いて、旦那さまが大層悦ばれましてね。本来ならば、旦那さまが直《じか》に依頼に来なくてはならなかったのですが、本日はどうしても手が離せない所用がありまして……。つきましては、女将と板頭に白金までご足労《そくろう》願えないかと思いまして……。と申しますのは、こちらさまに白金の寮を見ていただいたうえで、細々《こまごま》とした打ち合わせをしたほうがよいのではないかと旦那さまが言われましてね。如何《いかが》でしょうか？」

真佐吉は遠慮がちに言うと、おりきと巳之吉を怖々《こわごわ》と窺った。

「それは構いませんが、で、いつのことで？　まさか、これからというわけではないでしょうね」

真佐吉は慌てて首を振った。

「滅相《めっそう》もございません！　旦那さまも本日は都合《つごう》がつきませんし、こちらさまとて急なことなのでご都合がおありでしょう。明日……、明日は如何でしょうか」

おりきが巳之吉に視線を移す。

巳之吉は頷いた。

「ようがす。あっしも出張料理となると、どんな場所で作らせてもらうのかこの目で確かめておきてェと思いやすし、周囲《まわり》の景色や肌に感じたことなどを料理に生かしてェと思いやすんで……。では、明日、四ツ半ではどうでやしょう。その時刻なら、仕入れから戻って来て、夕餉膳《ゆうげぜん》の仕込みにはまだ間がありやすんで……」

「そうですね、その時刻なら、わたくしも泊まり客を送り出し、客室の花の段取《だんど》りも済んだ頃かと思いますので、では、明日四ツ半、白金猿町の寮に行かせていただきます」

真佐吉はほっと安堵の息を吐いたようである。

「ああ、これでやっとあたしも安堵いたしました。では、旦那さまにそのように伝えておきますんで、ひとつ宜しくお頼み申し上げます」

真佐吉はおりきが淹れた茶に手もつけずに引き上げていった。

「出張料理は四年ぶりのことになりやすね」

真佐吉と入れ違いに帳場に入って来た達吉が言う。

「四年か……。もう四年も経ってしまったんでやすね」

巳之吉が感慨深そうに目を細める。

「あのときは食の細くなった倉惣の舅を気遣い、入り婿《むこ》の惣三郎《そうざぶろう》さんが巳之吉の料理を食べればすこしは舅も食欲が戻るのではなかろうかと、日頃、巳之吉が出張料理や仕出しを渋《しぶ》るのを知ったうえでのたっての頼みだったんだが、食の細った舅の惣兵衛《そうべえ》さんが大層悦ばれ、お出しした料理を余すことなく食べて下さったとか……。だが、その惣兵衛さんも既《すで》にこの世の人ではないとはよ……」

達吉がしみじみとしたように言うと、巳之吉が思い出したように言う。

「そう言えば、あっしが駒込の寮を下見に行ったあの日、善爺《ぜんじい》が倒れたんだ……。息災だけが取り柄《え》と豪語《ごうご》していたあの善爺が中気《ちゅうき》の発作《ほっさ》を起こしたってんで大騒ぎになったんだが、その善爺も、もうこの世にゃいねえんだもんな……」

「そうでしたわね。それで、近江屋《おうみや》の下足番をしていた吾平がうちに来てくれることになったのですものね……。思えば、あれからいろんなことがありました。わたくしたちは日々お客さまをお迎えし、料理をお出しして送り出すことを年中三界《ねんじゅうさんがい》繰り返しているように見えても、決して同じことをしているわけではないのです。そこには人々の織《お》りなす悲喜《ひき》こもごもの人生があり、その中にいて、わたくしたちは少しでもお客さまに安らぎを覚えてもらい、またこの宿に来たいと思ってもらえるように努めているのですからね。わたくしね、これまで書き留めてきた留帳《とめちょう》や、巳之吉のお品書《しながき》を見る度に、ああ、あのときはこうだった、このときは……、とまるで昨日のことのように思い出しますのよ」

おりきがそう言い、お品書を綴《と》じた冊子《さっし》をパラパラと捲《めく》る。

そうして、四年前、倉惣の寮で饗応《きょうおう》した際のお品書を二人に見せる。

「ほら、これがあのときのお品書です」

どれどれ、と達吉と巳之吉が身体を乗り出す。

「ほう、先付《さきづけ》が鱧銀杏梅肉和《はもぎんなんばいにくあ》えに鮑《あわび》と山の芋《いも》の酒煮《さかに》、無花果《いちじく》の胡麻《ごま》だれかけか……」

「ああ、この無花果は寮に植わっていたやつで、お端女に言って朝採《あさど》りしてもらってたんで、瑞々《みずみず》しくて、見るからに美味そうでやした」

巳之吉が懐かしそうな顔をする。

「続いて、八寸《はっすん》が毬栗《いがぐり》、吹き寄せ籠《かご》……。また手の込んだことを！　これって、鱧と貝柱のすり身を栗の殻《から》に見立て、周囲《まわり》に素麵《そうめん》を突き立てて栗の毬を作り、油で揚げるんでやすよね？」

達吉がそう言うと、おりきがくすりと笑う。

「大番頭さんたら、殻の中に栗の実を入れるのを忘れてはなりませんよ」

「おっ、そうだった、そうだった……。それでなきゃ、空《から》っぽの毬栗になっちまう！　で、この吹き寄せ籠の中身は？」

「ああ、それは紅葉型《もみじがた》に切った人参《にんじん》や、焼松茸《やきまつたけ》、銀杏、才巻海老《さいまきえび》、松葉型《まつばがた》に切った牛蒡《ごぼう》でやす。これは背負《せお》い籠に見立てた竹籠《たけかご》に檜葉《ひばし》を敷き、その中に彩《いろど》りよく吹き寄せを詰めていくんでやすが、この竹籠は善爺が作ってくれたもので……。あっしは善爺に背中を押されるような想いで、何がなんでも、あの籠を使わなきゃと思ったのを憶えてやす」

巳之吉の言葉に、おりきも頷く。

巳之吉がお品書を考えたときには、吹き寄せは八寸箕形籠《はっすんみのがたかご》を使うつもりでいたのである。

それが、善助《ぜんすけ》が倒れたと聞き、急遽、善助が作った背負い籠に見立てた籠を使うことに……。

おりきには、巳之吉が出張料理に善助も一役買っていると思いたかったと解っていたし、巳之吉のその気持が有難《ありがた》く、胸の内で手を合わせたのだった。

「へえェ、巳之吉がそんな想いでいたとはよ……」

達吉が再びお品書に目を戻す。

続いて、お品書は煮物椀《にものわん》……。

煮物椀　残月厚揚《ざんげつあつあげ》　海老葛《えびくず》たたき

　　　　松茸　柚子《ゆず》

刺身《さしみ》　鰈《かれい》の菊造《きくづく》り
焼物《やきもの》　賀茂茄子《かもなす》伝法焼《でんぽうやき》
鍋物《なべもの》　里芋《さといも》みぞれ鍋
飯《めし》　梅肉茶漬《ばいにくちゃづけ》
香《こう》の物

「なんと、見るからに美味そうじゃねえか！　この賀茂茄子の伝法焼とは？　旅籠の夕餉膳でお出ししたことがありやすかね？」

達吉が思い出そうと懸命《けんめい》になる。

「ありやすよ。縦半分《たてはんぶん》に切った賀茂茄子の中身をくり抜き、皮と丸くくり抜いた中身を油で揚げて、揚がった身を白玉味噌《しらたまみそ》で和えて皮に戻すのでやすが、上から軽く火で焙《あぶ》って芳《こう》ばしさを出し、仕上げに下ろした柚子を振りかけるのがミソでやすがね……」

「じゃ、里芋みぞれ鍋というのは？」

達吉の興味は留《とど》まるところを知らない。

「ああ、それは少し大きめの土鍋《どなべ》に昆布出汁《こぶだし》を取り、皮を剝《む》いた里芋を生《なま》のまま入れ、柔《やわ》らかくなってきたところで、白焼《しらやき》して醬油《しょうゆ》を塗《ぬ》った穴子《あなご》、海老《えび》、牡蠣《かき》、滑子《なめこ》、紅葉《もみじ》麩《ふ》を入れ、そこに軽く水気を絞《しぼ》った大根《だいこん》下ろしを加え、丁寧《ていねい》に灰汁《あく》を掬《すく》った後、浅葱《あさつき》を散らしやす。それをそのまま客室に運び、客の前で取り鉢に取り分け、酢橘《すだち》を搾《しぼ》って食べやすんで……。あのときは、あっしが客室に出て行き、片口鉢《かたくちばち》に取り分けやした」

ほう……、と達吉が目をまじくじさせる。

巳之吉が自《みずか》ら客室に出て行くとは……。

これまでも客から板頭にどうしても挨拶したいと言われて客室に出ることはあったが、巳之吉が自ら給仕をしたのが、どうやら達吉には信じられなかったようである。

「些《いささ》か出過ぎたようにも思いやすが、倉惣のご隠居になんとしてでも嘗《かつ》ての健啖《けんたん》ぶりを見せてもらいたく、お顔を拝見せずにはいられやせんでした」

「巳之吉、それで良かったのですよ。後からお礼に見えた惣三郎さんが言っておられました。それまで心気病《しんきやまい》にでも罹《かか》ったのかと思うほど口数も減《へ》り、一切《いっさい》の笑みを見せなくなった舅が、巳之吉の出張料理と聞いただけで、人が変わったかのように活気を取り戻したと……。それに、あのとき同席なさった絹代《きぬよ》さまが里芋みぞれ鍋を大層気に入られたとか……。そう言えば、絹代さま、あれから後に一度立場茶屋おりきに脚《あし》をお運びになりましたが、その後どうしていらっしゃるのかしら……。巳之吉の料理をすっかり気に入って下さり、御鷹匠支配賄方《おたかじょうしはいまかないかた》に巳之吉を引き抜きたいと言われたときには肝《きも》を冷やしましたが、息災でいらっしゃると宜しいのですがね……」

絹代というのは、御鷹匠組頭《おたかじょうくみがしら》戸《と》田《だ》倫之《みちの》介《すけ》の御《ご》母《ぼ》堂《どう》、戸田絹代のことである。

なんでも、御鷹匠屋敷と倉惣の寮とは目と鼻の先とあり、あのときも、倉惣のご隠居惣兵衛と茶飲み友達の絹代が客人として招かれていたのである。

当時五十路半ばだった絹代は惣兵衛に負けず劣《おと》らずの健啖家《けんたんか》で、寮で食した巳之吉の風味《ふうみ》合《あい》が忘れられず、わざわざ鷹匠支配賄方板頭を供に連れ、立場茶屋おりきを訪ねて来たのである。

「そう言えば、そんなことがありましたな……。巳之吉を譲《ゆず》ってくれるように女将さんに頼んでくれ、と戸田のご隠居が倉惣の旦那に頭を下げたとか……。ところが、旦那にそんなことは出来ないときっぱりと断られたもんだから、それで、苦肉《くにく》の策として、賄方板頭をお連れになったんだろうが、あれは巳之吉の風味合を学べ、いや、盗《ぬす》めという意味だったんだろうて……」

達吉はそう言うと、にたりと嗤った。

「一度や二度、巳之吉の料理を食ったからといって、それで風味合が盗めると思ったら、そうは虎《とら》の皮！　巳之吉の並外《なみはず》れた才は持って生まれたもので、誰にも真似《まね》の出来るものではねえことくれェ、料理人なら解っとけっつゥのよ！」

達吉が糞忌々《くそいまいま》しそうに毒づくと、おりきが慌てて制す。

「お止《よ》しなさい！　それより、巳之吉、此度は冬隣《ふゆどなり》ですが、何か考えがあるのですか？」

巳之吉は腕を組み、うーん、と考え込んだ。

「そうですよね。とにかく、明日、白金の寮を拝見してみましょう。すべてはそれからです。さっ、今宵の夕餉膳の打ち合わせに入りましょうか」

おりきは巳之吉にふわりとした笑みを投げかけた。


京藤の寮は白金猿町の表通りから南に少し入ったところにあった。

周囲《まわり》は一面田畑が広がっていて、少し先に本立寺の白壁《しらかべ》が見える。

幾千代から広大な敷地と聞いていたが、築地塀《ついじべい》で囲まれた敷地は寺が二つは収まるかと思えるほどの広さだった。

門前で真佐吉が出迎えてくれたので助かったが、おりきと巳之吉だけでは気後《きおく》れしてしまったかもしれない。

「これはこれは……。遠路《えんろ》はるばるご足労願いまして申し訳ありませんでした。旦那さまがお待ちにございます。ささっ、足許《あしもと》にお気をつけ下さいませ」

真佐吉は冠木門《かぶきもん》を潜ると、飛石《とびいし》をひょいひょいと跨《また》いで式台《しきだい》へと導《みちび》いた。

屋敷は瀟洒《しょうしゃ》な数寄屋造《すきやづく》りである。

広大な敷地に比して屋敷がこぢんまりとして見えるのは、庭に贅《ぜい》を凝《こ》らしているからであろうか……。

「ここは先代が隠居所として造られまして……。茶を些か嗜《たしな》まれたせいか、屋敷そのものは敢《あ》えて簡素で侘《わ》びた造りにしていますが、庭が広うございまして、泉水を取り巻く恰好《かっこう》で、大小五つの茶室、東屋が点在しております。ですが、此度は茶会ではなく、宴席でございますので、母屋《おもや》を使うことになっております。あっ、こちらにございます……」

真佐吉が案内したのは、客間のようであった。

「ここで暫くお待ち下さいませ」

真佐吉がおりきと巳之吉に座布団を出し、客間を去って行く。

おりきは庭に目をやり、息を呑んだ。

目の前に見事な秋の風景が広がっていたのである。

中央に静けさを湛《たた》えた泉水……。

それを取り囲むように築山が配され、赤や黄色に染まった木々の葉が泉水に色を映《うつ》し、まさに秋色一色なのである。

その周囲《まわり》に萱葺《かやぶ》きの屋根が見えるのは、茶室の一つであろうか……。

肌寒《はだざむ》のゆるやかな風の中を、赤蜻蛉《あかとんぼ》が群《む》れを成して目の前を過ぎっていき、空を仰《あお》げば雁《かり》の棹《さお》……。

海辺の風景とまた違う彩色《さいしき》に、おりきは胸を顫《ふる》わせた。

「やっ、お待たせしました」

その声にはっと振り返ると、京藤染之助《そめのすけ》が満面《まんめん》に笑みを湛えて立っていた。

おりきの胸がきやりと揺れた。

どこかしら、吉野屋幸右衛門《よしのやこうえもん》を想わせたのである。

面差しが似ているというわけではないのだが、身体全体から醸《かも》し出される雰囲気が、そう思わせたのかもしれない。

染之助は下座に坐ると、慇懃《いんぎん》に頭を下げた。

「京藤の主人《あるじ》、染之助にございます。此度は急な依頼にも拘《かか》わらず、お引き受けして下さり、痛み入ります。また、本日はお忙しい中、こうして寮まで脚をお運び下さり恐縮しております。本来ならば、当方から品川宿までお願いに上がるのが筋なのですが、出張料理としてこちらで調理していただくとなると、やはり、厨《くりや》や什器《じゅうき》といったものを見ておいていただくほうがよいかと思いまして、打ち合わせかたがたご足労願った次第です。無礼《ぶれい》をどうかお許し下さいませ」

「京藤さま、どうぞ頭をお上げ下さいませ。立場茶屋おりきで女将を務めます、おりきにございます。この度はわたくしどもをご用命《ようめい》下さり、このうえない悦びに感じております。お請けしましたからには、満足していただけるように努めるつもりでおります。旦那さま、こちらが当日の板頭を務めます巳之吉にございます。なんなりと要望をお申しつけ下さいませ」

おりきが巳之吉に挨拶を促す。

「板頭の巳之吉にござえやす。紅葉狩りの宴と承《うけたまわ》っておりやすが、何かこうしてほしいという要望がありやしたら、なんなりとお申しつけ下せえ」

染之助は、巳之吉の顔をしげしげと瞠め、ほう……、と頷いた。

「おまえさんが品川宿一、いや、江戸一番と呼び声の高い巳之吉さんか……。おまえさんの料理を食べないようでは粋方《すいほう》（粋人）とはいえないとまで言われるそうで、あたしも一度は料理旅籠立場茶屋おりきの敷居《しきい》を跨いでみたいと思っていたのだが、如何せん……。うちはこれまで八百膳《やおぜん》を贔屓《ひいき》にしてきたので、寄合《よりあい》でたまに南本宿《みなみほんじゅく》の料理屋に行くことはあっても、おたくとは縁がなかったのでな……。しかも、立場茶屋おりきは誰でもが気楽に上がれるというわけではない……。それで、これまでは指を銜《くわ》えて眺《なが》めていたのだが、此度はなんとしてでも巳之吉さんにお願いしたいと思いましてな。それで、女将とは昵懇《じっこん》の間柄《あいだがら》という幾千代姐《ねえ》さん、いや、それも幾千代姐さんには直接頼みづらくて、幾富士に仲介《ちゅうかい》の労《ろう》を願ったという次第です」

「またそのようなことを……。世間で噂されるほど、うちは敷居が高くありませんのよ。一見のお客さまに遠慮していただいていますのは、うちは五部屋しかありませんし、巳之吉の料理を存分に堪能《たんのう》していただくには、それなりの態勢《たいせい》を調《ととの》えておきたいからなのですよ」

おりきが慌てて釈明《しゃくめい》すると、染之助はくくっと肩を揺すった。

「女将、思い違いをしてもらっては困るよ。あたしは責めているわけではないのですからね。いや、立場茶屋おりきの姿勢は実によい！　本当に料理を愉しんでもらおうと思えば、それくらいの心構えでいなければなりませんからね。それに、おまえさんのところは旅籠に上がれない人のために、茶屋で安くて美味いものを提供しているそうではないか……。聞くところによると、他の立場茶屋とは比較にならない美味しいものを出しているとか……」

「お褒めいただき恐縮にございます。それで、宴に話を戻しますが、いつをご予定にございますか？」

おりきが染之助の目を見据《みす》える。

「おお、済まない。話が横道に逸れてしまいましたな。実は、一廻《ひとまわ》り（一週間）後を考えているのだが……。というのも、紅葉狩りの宴と銘打《めいう》つからには、紅葉のあるうちでなければならない。となると、ここ半月が分け目ですからね。一廻り後、それでどうだろうか……」

染之助が巳之吉に目を据える。

「畏《かしこ》まりました。それで、人数は？」

巳之吉が訊ねる。

「これまでは得意先や知人を招いて、庭に毛氈《もうせん》を敷いたり床几《しょうぎ》や縁台《えんだい》をあちこちに配し、自在《じざい》に行き来するという形を取っていましたが、此度は五名……。ですから、会《かい》席《せき》という形を考えています。おう、そうよ！　なんでも、巳之吉さんは大崎村《おおさきむら》の真田《さなだ》屋《や》の寮で、茶懐石《ちゃかいせき》をなさったことがあるとか……。でしたら、是非、うちでも懐石料理を作ってもらいたいのだが、此度は茶席ではないので、それはまた別の機会にということで……」

「解りました。それで、お部屋はどちらで？」

「この部屋です。ここからなら、庭が一望《いちぼう》できますので、庭の紅葉を眺めながら料理を頂くということで……」

「では、中食と思ってよいのですね？」

「勿論ですよ。それでなければ紅葉狩りになりませんし、第一、夕餉となると板頭は旅籠に手を取られ、とても出張料理などしていられませんからね。そのくらいのことはあたしも弁《わきま》えています……。だが、此度のことで立場茶屋おりきとは縁が出来たわけです。この次はあたしのほうから旅籠に参りますので、そのときは、ひとつ宜しく頼みますよ！」

「畏まりました。それで、お料理のほうはいかが致しましょうか。巳之吉に委せて下さるということで宜しいのですね？」

おりきがそう言うと、染之助は豪快《ごうかい》に笑った。

「金に糸目《いとめ》はつけませんので、なんなりと、これが巳之吉さんの料理というものを作って下され」

打ち合わせはそれで終わり、巳之吉とおりきは部屋の外で待機していた真佐吉に案内され、厨や什器といったものを下見した後、庭を拝見することにした。

実際に歩いてみると庭は想像を絶するもので、おりきは築山に近づくにつれ、胸が奮《ふる》うのを感じた。

遠目に赤く映っていたのは楓《かえで》だけでなく、錦木《にしきぎ》、七竈《ななかまど》、梅擬《うめもどき》、真弓《まゆみ》、おや吊花《つりばな》まで……。

吊花はおりきの好きな花の一つで、初夏、淡紫色《たんししょく》の小さな可憐《かれん》な花を下垂《かすい》してつける。

そして、泉水の汀《みぎわ》には、蓼《たで》や油茅《あぶらがや》が……。

どうやら、この庭は極力人の手を加えず、自然のままに委せているようである。

泉水の水面《みなも》を揺蕩《たゆと》う紅葉の葉……。

「ああ、なんて気持のよい庭だろう……」

おりきの隣を歩く巳之吉がぽつりと呟く。

どうやら、巳之吉には当日の献立が頭の中に描《えが》けてきたようである。

が、その刹那《せつな》、おりきは染之助が最後に放った言葉を思い出した。

染之助は打ち合わせを終えると、たった今閃《ひらめ》いたとばかりに、それはそうと、当日のお運びはそちらで手配なさいますかな？　と言ったのである。

「確か、倉惣の場合は、お運びは寮のお端女を使ったとか……。うちでもそうしたいと思っているのだが、どうでしょう？　幾富士に手伝わせてみては……。いえ、芸者としてではなく、お端女の一人としてということなんですが、なんなら、あたしから幾富士にその旨を伝えておきますよ」

おりきは慌てた。

「ええ、京藤さまがそれをお望みでしたら、うちは構いませんけど……」

「そうですか。では、そう致しましょう」

おりきは理由《わけ》が解らないままそう答えたのであるが、染之助は何を思って幾富士を……。

まさか、染之助が幾富士を……。

それなら、幾富士をお端女などに使わずとも正客《しょうきゃく》の一人に加えるか、それが無理なら、芸者として傍に侍《はべ》らせればよいのである。

おりきはつっと過ぎったそんな想いを振り払うと、泉水に目を戻した。

水面でゆらゆらと揺蕩う紅葉の舟……。

儚《はかな》げでもあり、どこか覚束《おぼつか》ないその動きに、おりきはじっと目を凝《こ》らした。

冬惑ひ

「いいかえ、おまえさんはあたしがすることを真似《まね》てればいいんだからね」

おうめが緊張のあまり頬《ほお》を引き攣《つ》らせた幾富士《いくふじ》に囁《ささや》く。

「なんだえ、その顔は！　そんなに鯱張《しゃちこば》るもんじゃないよ。日頃、お座敷で客に酌《しゃく》をして廻《まわ》るだろ？　それと同じで、酒が料理に代わったと思えばよい話で、そう堅く考えることはないんだよ」

「けど、お運びなんてやったことがないし、粗相《そそう》をしてはと思うと、どうしても身体《からだ》が硬くなって……」

幾富士が心細そうに言う。

「だから、急遽《きゅうきょ》、あたしがお運びに加わることになったんじゃないか……。客の給仕をするのが初めてなのは、何もおまえさんだけがじゃないんだ。今日は麻布《あざぶ》宮下町《みやしたちょう》の京藤《きょうふじ》からもお端女《はした》が廻されてきているけど、聞いた話じゃ、あの女《ひと》たちも正式な場でのお運びは初めてだというからさ……。いいかえ、一等最初は先付《さきづけ》となるから、おまえさんはあたしの後に続くといいよ」

旅籠《はたご》の女中頭《じょちゅうがしら》おうめを本日の紅葉狩《もみじが》りの宴《うたげ》に加えると言い出したのは、巳之吉《みのきち》である。

恐らく、巳之吉はお運び役は初めての幾富士を思い遣《や》り、甲羅《こうら》を経《へ》て酸《す》いも甘いも嚙《か》み分けたおうめを傍《そば》につければ、幾富士も心強いのではなかろうかと思ったのであろう。

おうめを給仕のまとめ役としてつけることに京藤染之助《そめのすけ》も敢《あ》えて異を唱《とな》えなかったので、京藤のお端女を一人減《へ》らすことですんなりと話は決まった。

が、そのことに誰よりも安堵《あんど》したのは幾千代《いくちよ》であろうか……。

幾千代は染之助が幾富士をお運び役に指名してからというもの、毎日のように立場《たてば》茶屋《ぢやや》おりきに顔を出し、あれこれと心に過《よ》ぎる杞憂《きゆう》をおりきにぶちまけていたのである。

「だって、どう考えても妙じゃないか……。幾富士は芸者だよ？　宴席《えんせき》で舞《まい》を舞《ま》って見せろというのなら、いえ、舞を舞わずとも、芸者の形《なり》をして酌のひとつもしろというのならまだ話は解《わか》るけど、お端女の恰好《かっこう》をして料理を運べとは……。そんなことは幾富士を使わなくても、自分ちのお端女で間に合うだろうに……。ねっ、おりきさんはどう思うかえ？」

「ええ、確かに、わたくしも旦那さまの気持を計《はか》りかねています。けれども、何ゆえ、そのようなことをされるのか訊《たず》ねるわけにもいかなくて……。幾千代さんはお嫌《いや》ですか？　だとしたら、きっぱりとお断りになるとよいのですよ」

おりきがそう言うと、幾千代は慌てた。

「いえ、嫌ってわけじゃないんだけど……。それに、あちしが嫌だと言っても、肝心《かんじん》の幾富士があっさりと引き受けちまったんだもの、仕方がないじゃないか！」

「まあ、そうなのですか。幾富士さんは乗り気なのですね」

「いや、乗り気ってわけじゃ……。あの娘《こ》も自分に務《つと》まるかどうか不安なんだよ。けど、京藤の旦那から、是非《ぜひ》おまえでなければ、と頭を下げられたんじゃ断るわけにはいかないからね」

「旦那さまは理由《わけ》をおっしゃらなかったのですか？」

「言わなかったんだってさ。理由《わけ》なんてないって……。それで、幾富士も黙って引き下がってきたっていうんだけど、内心は不安で堪《たま》らないんだろうさ。あちしの顔を見れば、おかあさん、どうしよう、どうしようって……。だったら断ればよいものを、あの娘《こ》、存外に鼻っ柱《ぱしら》が強いからね。何もしないうちから尻尾《しっぽ》を丸めて引き下がるわけにはいかないって……。けど、なんと巳之《みの》さんの才覚《さいかく》で、おうめさんをつけてくれるというじゃないか！　助かったよ」

「ええ、わたくしもそれを聞いて安堵いたしました。おうめがついていれば案ずることはありませんからね。海のものとも山のものともつかないあのおきちを、おうめはなんとか仕込んでくれましたからね」

幾千代とおりきの間でそんな会話が毎日のように繰《く》り返され、今日の日を迎えたのだった。

「じゃ、先付を運ぶからね！」

おうめが先頭に立ち、先付を載《の》せた角形黒漆盆《かくがたくろうるしぼん》を客間へと運んで行く。

その後を、幾富士や京藤のお端女が続いた。

先付は、紅漆皿《べにうるしざら》に盛った吹き寄せと和《あ》え物……。

吹き寄せは紅葉狩りの宴に相応《ふさわ》しく、栗甘煮焼き目つけ《くりあまに》、銀杏《ぎんなん》、子持鮎煮浸し《こもちあゆにびた》、床節柔らか煮《とこぶしやわに》、湿地《しめじ》、零余子《むかご》、松茸牛蒡《まつたけごぼう》、木の葉蒟蒻《はこんにゃく》、紅葉麩《もみじふ》であった。

そして和え物は、イクラ、小柱《こばしら》、榎茸《えのきだけ》の下《お》ろし和えで、上にとんぶりが載せてある。

「お待たせしました」

おうめが次の間から声をかけ、すっと襖《ふすま》を引いて膳《ぜん》を手に座敷に入って行く。

が、おやっと、おうめは目を瞠《みは》った。

確か、客は五人と聞いていたのに、四人しかいないのである。

すると、染之助がおうめの背後にいた幾富士に声をかけた。

「幾富士、おまえさんは隣室にいる息子に運んでやってくれないか……」

えっと、幾富士が次の間とは反対側の襖に目をやる。

「そう、その中だ。中には息子の他に介護のお端女がいる。済まないが、息子が食べるのに、おまえさんもほんの少し付き合ってやってくれないだろうか……」

染之助がそう言うと、中から襖がさっと開いた。

「どうぞ、お入り下さいませ……」

幾富士は狐《きつね》につままれたような想《おも》いで、おうめに目をやった。

おうめが従うようにと目まじする。

それで、幾富士は怖《お》ず怖ずと隣室に入って行った。

同じことが次の刺身《さしみ》入り八寸《はっすん》でも行われた。

だが、まさかこんなこととは知らず、刺身入り八寸は長方形の信楽皿《しがらきざら》に、二人前と三人前といった按配《あんばい》に配されていた。

つまり長方皿からお運びが客の取り皿に取り分けるといった趣向《しゅこう》なのだが、一人だけが隣室というのであるから、一体どうしたものか……。

が、そこは臈長《ろうた》けたおうめのこと、幾富士に先付で使った黒漆盆を隣室から下げてくるように命じると、盆の上の皿小鉢《さらこばち》を片づけ、用意した取り皿の上に刺身や百合根《ゆりね》入り厚焼玉子《あつやきたまご》、牡蠣《かき》の山椒焼《さんしょうやき》、毬栗甘露煮《いがぐりかんろに》、鮟肝蒲鉾《あんきもかまぼこ》などを取り分けていく。

「幾富士さん、これを隣の部屋にお持ちして下さいな」

「おお、さすがは女中頭だけあって、機転《きてん》の利《き》くことよ！」

染之助は満足げに言うと、客の顔を見廻《みまわ》した。

「皆さんはご存知と思いますが、息子の伊織《いおり》は三年前に腰を強打《きょうだ》し、以来、下半身が麻痺《まひ》してしまいまして……。だが、今日だけは何がなんでも立場茶屋おりきの板頭《いたがしら》の料理を食べさせてやりたいと思いましてな」

「だったら、伊織さんもここに同席させればよかったのだ。隣の部屋に一人きりというのでは、あまりにも寂《さみ》しすぎるであろうが……」

客の一人がそう言うと、他の客も相槌《あいづち》を打つ。

「いや、あたしもそう勧《すす》めたんだが、伊織がどうしてもうんと言ってくれませんのでね……。恐らく、気随《きずい》に動いていた頃のことを知っている皆さんの前に、現在《いま》の姿をさらすのを憚《はばか》っているのだと思います。だが、あたしにも伊織の無念《むねん》さが解るような気がしましてね。それで、今日は伊織のために幾富士に来てもらったという次第で……」

おうめは長方皿から取り皿に刺身や八寸を取り分けながら、ああ、そういうことだったのだ……、と染之助の気持がやっと理解できたような気がした。

それで、空《あ》いた皿小鉢《さらこばち》を厨《くりや》に下げると、おうめは幾富士が隣室から下がって来るのを待ち、耳許《みみもと》に囁いた。

「旦那さまから息子さんのことを聞いたよ。お気の毒にね……。それでどうなんだえ？　お出ししたものをちゃんと食べて下さってるんだろうね？　伊織さん、おまえさんに何か喋《しゃべ》ったかえ？」

幾富士は困《こう》じ果てた顔をした。

「それが、どれもひと口箸《はし》をつけるだけなんですよ。介護するお端女がもうひと口召し上がればと言うんだけど、首を振るだけで……。あたし、旦那さまから息子さんの傍にいて食べるのに付き合ってやってほしいと頼まれたけど、あたしが話しかけても何も答えてくれないんだもの……」

「そうなのかえ……。けど、ひと口は食べて下さったのなら、板頭の風味合《ふうみあい》は味わったことになるから、それでよしと思わなくっちゃね……。さあ、次は椀物《わんもの》だよ。椀物は伊勢海老《いせえび》の葛叩《くずたた》きと聞いてるから、これなら、ひと口とは言わず食べて下さるかもしれない……」

　おうめの勘《かん》は当たっていた。

　伊勢海老の葛叩きと亀甲大根《きっこうだいこん》、椎茸《しいたけ》、日の出人参《にんじん》、三つ葉、柚子《ゆず》の清《す》まし仕立ては、ひと口どころか、見事に平《たい》らげられていたのである。

　続いて、焼物《やきもの》……。

　焼物は真名鰹《まながつお》の幽庵焼《ゆうあんやき》、はじかみ添《ぞ》えである。

　そして、炊《た》き合わせが揚《あ》げ栗、湿地、菊菜《きくな》、里芋《さといも》で、上に刻《きざ》み柚子が載せてある。

　続いて揚物《あげもの》となり、これは四年前に倉惣《くらそう》の寮《りょう》で使った背負《せお》い籠《かご》に見立てた竹籠《たけかご》に盛りつけてあった。

　下足番《げそくばん》の善助《ぜんすけ》が息災《そくさい》であった頃に造《つく》ってくれた籠である。

　あのとき、巳之吉は病《やまい》に倒れた善助も出張料理に加わっていると思いたくて、敢えてこの籠を使ったのであるが、まさか、今日もここで使うとは……。

　竹籠の上に懐紙《かいし》を敷き、蕎麦《そば》の湯葉巻《ゆばま》き、大葉紫蘇《おおばしそ》、穴子《あなご》、舞茸《まいたけ》の天麩羅《てんぷら》に、紅葉《もみじ》の葉が添《そ》えてある。

　見るからに秋の風情《ふぜい》であった。

　そうして留椀《とめわん》に、土鍋《どなべ》で炊いた帆立《ほたて》ご飯が……。

この頃になると、おうめも幾富士も慣《な》れてきて、おうめが客の前で土鍋を掻《か》き混ぜ飯椀《めしわん》に装《よそ》うと、阿吽《あうん》の呼吸で、幾富士が隣室へと運んで行く。

そして伊織のほうはと言えば、どうやら椀物をすべて平らげた頃から食欲が湧《わ》いてきたとみえ、焼物も炊き合わせも揚物も、半分以上は食べてくれるようになっていた。

最後の水菓子《みずがし》を運んで行き厨《くりや》に戻った幾富士が、目を輝かせておうめに囁いた。

「伊織さま、あたしが如何《いかが》でした？　美味《おい》しく召し上がれましたかって訊くと、ああ、美味《うま》かったたって……。初めて、答えて下さったんだよ！　あたし、嬉《うれ》しくって……」

「そうかえ、それは良かったじゃないか！　きっと、旦那さまはそれを恃《たの》みにおまえさんを給仕につけたんだよ。だってほら、幾富士さんも永《なが》いこと病で難儀《なんぎ》したじゃないか……。きっと、病人の気持が解ると思われたんだろうさ！」

幾富士が目から鱗《うろこ》が落ちたような顔をして、うんうん、と大仰《おおぎょう》に頷《うなず》く。

「あたし、粗相ややりくじり（失敗）をしていないよね？　ちゃんとやれたよね？」

「ああ、やれたとも！」

おうめが目弾《めはじき》をしてみせると、幾富士は嬉しそうに顔を綻《ほころ》ばせた。

「遅いねえ、巳之さんたちは……」

幾千代が気を苛《いら》ったように、ちらと板場側の障子《しょうじ》に目をやる。

幾千代は昼過ぎにやって来たかと思うと、おりきが話しかけてもどこかしら上《うわ》の空で、曖昧《あいまい》に相槌《あいづち》を打っては、水口《みずぐち》へと視線を彷徨《さまよ》わせるのだった。

「幾千代さん、まだ八ツ（午後二時）を廻ったばかりではありませんか……。宴にたっぷり一刻《いっとき》（二時間）はかかるとして、それからも巳之吉たちには寮の厨を片づける仕事が残っていますし、白金《しろかね》から品川宿門前町《しながわしゅくもんぜんちょう》まで戻って来るには一刻以上かかります。それより、幾千代さんはお座敷に出なくても宜《よろ》しいのですか？」

おりきが訊ねると、幾千代ははンと鼻で嗤《わら》った。

「そんなもの、断ったさ！　いえね、猟師町《りょうしまち》を出るときまでは見番《けんばん》に顔を出すつもりでいたんだよ。けど、気が変わってね……。それで、今日のお座敷は断ってくれと箱《はこ》屋《や》に言付《ことづ》けておいたんだよ」

まあ……、とおりきは呆《あき》れ果てた顔をした。

幾千代が芸者の形をしているので、てっきりお座敷の合間を縫《ぬ》って来たか、これから出るのだろうと思っていたのだが、断ってしまったとは……。

が、おりきには幾千代のその気持が解らなくもなかった。

幾千代は幾富士が足手纏《あしでまと》いになっていないか、粗相をしていないか、と居ても立ってもいられないのであろう。

「幾千代さん、ここで皆の帰りを待つのは構わないのですが、幾千代さんがここにいることを知らない幾富士さんは、真っ直《す》ぐ猟師町に帰ってしまうかもしれないのですよ」

おりきがそう言うと、またもや、幾千代はにたりと頰を弛《ゆる》めた。

「その点は抜かりないさ。お半《はん》にあちしがここで幾富士が戻って来るのを待つと言ってきているからさ……。幾富士だってあちしが猟師町にいなきゃ、ここにやって来るに違いないさ……。あっ、それとも何かえ？　あちしがいたんじゃ邪魔《じゃま》かえ？」

「邪魔だなんて、とんでもないですわ！　ただね、幾千代さんのようにそう苛々《いらいら》していたのでは……。そうだわ！　お薄《うす》を点《た》てましょう。丁度《ちょうど》、到来物《とうらいもの》の甘露梅《かんろばい》がありますのよ」

「甘露梅か……。じゃ、頂《いただ》こうかね。けど、誰が持って来たのか知らないが、ふン、いい気なもんだよ、吉原土産《よしわらみやげ》だなんてさ！」

幾千代が憎体《にくてい》に言う。

おやおや、どうやら現在《いま》の幾千代には、甘露梅までが憎《にく》らしいとみえる。

するとそこに亀蔵《かめぞう》親分がやって来た。

亀蔵は幾千代の顔を見ると、猫板《ねこいた》の上に置かれた甘露梅と見比べ、おっ、おめえの土産か？　と芥子粒《けしつぶ》のような目を瞠った。

「はン、誰が五丁《ごちょう》（新吉原）になんか行くもんか！」

「おお、怖《こえ》ェ！　どうしてェ、随分《ずいぶん》とご機嫌斜《きげんなな》めのようだな……」

「そりゃ機嫌も悪くなるさ！　何しろ、今時分、幾富士がお端女同様に扱《こ》き使われているんだからさ……」

「幾千代さん！　それは言い過ぎですよ。京藤の頼みを引き受けたのは、幾富士さんなのですからね。お薄が入りましたよ。さっ、どうぞ……。親分にもすぐに点てますからね」

幾千代は憮然《ぶぜん》とした顔をして、甘露梅を口に運び、途端《とたん》に相好《そうごう》を崩《くず》した。

どうやら甘露梅の美味《うま》さに、苛立《いらだ》ちもどこかに吹っ飛んだようである。

「幾富士がお端女同様に扱き使われるたァ、そりゃどういうことかよ」

亀蔵が訝《いぶか》しそうな顔をする。

「いいえ、違うのですよ。実は幾富士さんが麻布宮下町の京藤に今日一日だけお運びを手伝ってくれないかと頼まれましてね」

おりきがお薄を点てながら、京藤の寮で紅葉狩りの宴が催《もよお》されることになり、幾富士が一日だけのお運び役を頼まれたのだと説明する。

「なんでェ、そういうことか……。だったら、幾千代がいちゃもんをつけるこたァねえ！　京藤だって、まさか幾富士にただ働きをさせるわけじゃなく、たんまりご祝儀《しゅうぎ》を弾《はず》んでくれるだろうて……。なんせ、京藤といえば、今や押しも押されもしねえ大《おお》店《だな》なんだからよ。もしかするてェと、お座敷なんかに出るより、よっぽど実入《みい》りがいいかもしれねえ！　おっ、それとも何かよ。幾富士に慣れねえことをさせて、やりくじりでもするんじゃねえかとそれで気を揉《も》んでるってか？　おっ、どうしてェ、その顔は……。ははァん、図星《ずぼし》のようだな？」

亀蔵がちょっくら返すと、幾千代はムッとした顔をした。

「おかっしゃい（黙れ）！」

「ほれほれ、正鵠《せいこく》を射《い》られたもんだから慌てたな？　幾千代も存外に可愛《かわい》いところがあるもんでェ……」

「親分、もうそのくらいで！　さっ、お薄をどうぞ……」

おりきが割って入る。

「親分がおっしゃるように、幾千代さんが気を揉むことはないのですよ。おうめをつけましたので、おうめに委《まか》せておけばよいのです」

「おうめをつけたって？　なんでェ、それなら大船に乗った気分でいられるってもんでェ……。なんと、久し振りに食ったが、やっぱ、甘露梅《うめ》は美味ェや！」

亀蔵はそう言うと、ズズッと音を立てて茶を啜《すす》り、改まったようにおりきに目を据《す》えた。

「ところでよ、昨日、おさわが思い出したんだが、おまきのところの太助《たすけ》が今年は髪置《かみおき》じゃねえかと……」

「そうでしたわ。まあ、わたくしとしたことがすっかり失念《しつねん》していましたわ」

おりきが思い出したという顔をする。

「それでよ、すぐ上の和助《わすけ》のときには、うちのみずきの帯解《おびとき》と一緒に袴着《はかまぎ》を祝ってやっただろ？　和助を祝ってやったのに、太助を祝わねえのは可哀相《かえいそう》だと思ってよ。それで、此度《こたび》もあすなろ園の羽織袴《はおりはかま》を貸してやってくれねえかと思ってよ」

「けれども、海人《かいと》ちゃんも三歳ですのよ。恐らく、キヲさんはあれを海人ちゃんに着させるつもりで、肩上《かたあ》げや裾上《すそあ》げをしてしまったのではないかと……」

おりきがそう言うと、亀蔵が蕗味噌《ふきみそ》を嘗《な》めたような顔をする。

「海人も三歳か……。そいつァ拙《まず》いな。じゃ、使い回しするか？　キヲが海人を連れて先に宮詣《みやまい》りして、戻って来たら、今度はおまきが太助を連れてって按配《あんべえ》に……」

亀蔵がそう言うと、おりきと幾千代が声を揃《そろ》えて、滅相《めっそう》もない！　と甲張《かんば》った声を上げる。

亀蔵はとほんとした。

「俺《おり》ャ、なんか拙いことを言ったかや？」

「親分、莫迦《ばか》も休み休み言いな！　何が使い回しだよ。そりゃさ、一年の間を置いて別の子が着るのなら解るさ。けど、同時期に、一枚の晴着《はれぎ》を何人もで使い回すなんてさ！　そんな哀《かな》しいことを言わないでおくれよ。よいてや！　一式あちしが寄贈《きぞう》しようじゃないか」

さすがは姐御肌《あねごはだ》の幾千代姐《ねえ》さんである。

思い切りのよさと気っぷのよさは、誰にも引けを取らない。

「でも、幾千代さん、それでは申し訳ありませんわ。あすなろ園のことはわたくしが責めを負《お》わなければなりません。おまきのこととて同様です。おまきはうちから嫁に出した女《おな》ご……。謂《い》わば、太助ちゃんは孫といってもよいのですからね」

「何言ってんのさ！　大体、現在《いま》あすなろ園にある晴着は貸本屋《かしほんや》の謙吉《けんきち》って男《ひと》のおっかさん……、確か、お銀《ぎん》とかいったね？　そのお銀って婆《ばあ》さんが悠基《ゆうき》って子の袴着に寄贈してくれたものというじゃないか……。だったら、あちしがもう一枚贈《おく》ったっていいじゃないか！　別に裁《た》ち下ろしというわけじゃなく、古手屋《ふるてや》で手に入れれば、たかが知れてるからさ……。ねっ、そのくらいのことは、このあちしにさせておくれよ。それでなくても、幾富士のことではこれまでおりきさんの世話になりっぱなしなんだからさ」

幾千代が手を合わせる。

「どうでェ、おりきさんよ。幾千代があまで言うんだ、そうしてもらおうじゃねえか……。それで幾千代の気が済むっていうんだから、どっちにとっても目出度《めでて》ェ話でよ……。だが、そうしてみると、お銀も少しは功徳《くどく》を積んだってことかよ……」

亀蔵がしみじみとした口調《くちょう》で言う。

泣きのお銀……。

人前で涙ながらに嘘八百《うそはっぴゃく》を並べ立て、相手が油断したその隙《すき》に懐《ふところ》の中のものをかっ攫《さら》っていく女掏摸《おんなすり》、お銀……。

お銀は盗《ぬす》みの現場を押さえようと躍起《やっき》になる亀蔵と長きに亘《わた》り鼬《いたち》ごっこをした末、そんな身の有りつきに疲れ果てたのか、亀蔵の目前で、これ見よがしに川に飛び込み果てたのだった。

ところがそんなお銀が、何を思ってか、あすなろ園の子供たちのために何かしてやろうと、たまたま袴着を控《ひか》えた悠基のために、晴着一式を贈ってくれたのである。

お銀の死後、亀蔵からお銀が女掏摸だと聞かされたおりきは心穏《こころおだ》やかでなかった。

だが、お銀が子供たちのために何かしてやろうと思った、その気持は純粋なもの……。

それで、おりきは金の出所《でどころ》を追及するのは止して、お銀の厚意を素直に受け取ることにしたのだった。

その晴着を悠基が身に着《つ》け、続いて和助、海人へと……。

お銀もさぞや草葉《くさば》の陰で悦《よろこ》んでいるに違いない。

そうして、今度は、幾千代までが子供たちに晴着を寄贈しようというのである。

これから先、その晴着が何人の子供たちを祝福し、悦ばせてくれることだろう……。

「有難《ありがと》うございます。では、お言葉に甘えさせていただきます」

おりきは頭を下げた。

すると、幾千代がハッと思い出したように、辺りを見廻す。

「現在《いま》、何刻《なんどき》かえ？」

おりきと亀蔵は呆れ返ったように顔を見合わせた。


巳之吉たちが戻って来たのは、七ツ半（午後五時）であった。

「ご苦労でしたね。何事も滞《とどこお》りなく済みましたか？」

おりきが巳之吉たちに犒《ねぎら》いの言葉をかける。

「へい。京藤の旦那さまに悦んでいただけたようで、安堵しておりやす。詳《くわ》しい話はあとでさせていただくことにして、あっしらは板場に入《へえ》らせてもれェやす」

巳之吉が頭を下げ、板場《いたば》衆《し》も巳之吉の後に続いて板場へと入って行った。

朝方、今宵《こよい》の夕餉《ゆうげ》膳《ぜん》の段取《だんど》りは板脇《いたわき》の市造《いちぞう》に指示していたが、どうやら首尾《しゅび》よく運んでいるか気になるようである。

「お待ちよ！　えっ、行っちゃうのかえ？　ちょいと、おうめさん、幾富士は？」

幾千代が帳場を去ろうとするおうめを見て、堪《たま》りかねたように問《と》いかける。

「幾富士さんは猟師町に戻られましたよ」

「戻ったって……。そりゃまっ、戻るのが当然なんだけど、で、どうだった？　幾富士はやり、い、い、くじりせずに、ちゃんとお運びが務まったんだろうね？」

「ええ、よくおやりでしたよ。京藤の旦那も大層悦《たいそう》ばれたようです」

「大層悦んだって、えっ、たったそれだけなのかえ？」

幾千代が拍子抜《ひょうしぬ》けしたような顔をしている。

「おうめ、いいから坐《すわ》って、もう少し詳しい話を幾千代さんに聞かせてあげなさい」

おりきがおうめに坐れと目まじする。

「解りました」

おうめが幾千代の傍に腰を下ろす。

「では、女将《おかみ》さんや幾千代さんが一番気になさっていることから話しましょう」

おうめはそう言うと、幾富士が呼ばれたのは、京藤染之助の息子伊織に給仕をするためだったと話した。

「まあ、そうだったのですか……。でしたら、旦那さまも前もって言って下さればよかったのに……。それなら、気を揉まずに済みましたものを……。ねっ、幾千代さんもそう思いませんこと？」

「そりゃそうなんだけど、身体の不自由な息子に給仕させるといって、なんで幾富士でなきゃならないのさ！　そんなことなら、自分ちのお端女でも出来るだろうに……。

あちしにゃ、やっぱり解《げ》せないね」

幾千代が眉根《まゆね》を寄せ、おりきの顔を窺《うかが》う。

言われてみれば、その通り……。

おりきも首を傾《かし》げた。

「あのう……。これはあたしの憶測《おくそく》なんですが、京藤のお端女に給仕をさせたのでは、日頃となんら変わりありませんからね。わざわざ立場茶屋おりきに出張料理を頼み、客を招いての紅葉狩りの宴を催すからには、本来なら、京藤は息子も同席させたかったはず……。ところが、当の本人が人前に出るのを嫌がるものだから、それで、せめて隣室に息子の席を設《もう》け、給仕も京藤のお端女ではなく幾富士さんにさせて、ほんの少しでも華《はな》やかな雰囲気を味わわせてやりたいと、そう思ったのではないでしょうか……。では、その役目を何ゆえ幾富士さんが、とお思いでしょうね？　これもあたしの憶測なんですが、やはり、その役目はあたしやおきち、おみのでは務まらなかったんですよ」

「…………」

「…………」

おりきにも幾千代にも、おうめが言おうとすることがピンと来ない。

おうめは深呼吸すると、続けた。

「あたしたちと違って、お端女の恰好《かっこう》をしていても幾富士さんには華やかな雰囲気があります。しかも、幾富士さんは自《みずか》らも長患《ながわずら》いをしてこられ、病《や》んだ人の心が解っていますからね……。それは、健常《けんじょう》な者が頭の中で解っているつもりで、決して、心《しん》から解り得《え》ないもの……。だから、京藤の旦那は幾富士さんに白羽《しらは》の矢を立てたのでしょうし、幾富士さんも最初《はじめ》のうちは理由《わけ》が解らず心許《こころもと》なげに見えましたが、次第に、この役目は自分でなければ務まらないのだ、と自信に漲《みなぎ》った面差《おもざ》しになってきましたからね」

おりきと幾千代が顔を見合わせる。

「わたくし、やっと解ったような気がします」

「ああ、まったくだ……。それで、その伊織という息子はなんでそんな身体になったのかえ？　まさか、生まれつきってことじゃないんだろ？」

幾千代に瞠《みつ》められ、おうめが頷《うなず》く。

「詳しいことまでは判《わか》りませんが、旦那の話では三年前に腰を強打されたとか……。実は、今日の客三人は、皆さん、以前の伊織さんを知った方で、それで、伊織さんは現在《いま》の姿を皆の前にさらしたくなかったようで……」

「じゃ、幾富士は伊織さんの以前の姿を知らないから、見せてもよいってこと……。それで、おまえさんは見たのかえ？」

「いえ、あたしはお座敷の給仕に追われていましたから……。実は、ご挨拶《あいさつ》もしていませんの」

「じゃ、どんな男なのか知らないというんだね？　けど、一体どうしたんだろう……。幾富士ったら、遅いじゃないか！」

幾千代が気を苛ったように言う。

「えっ、幾富士さんをお待ちなんですか？　でしたら、幾富士さんはもうお見えにならないかと……。行合橋《ゆきあいばし》で別れたんですが、随分と疲れた顔をなさっていましたからね」

「幾富士が来ないって……」

幾千代がとほんとした顔をする。

「おうめの言うとおりですわ。幾富士さんは慣れないことをして気を遣《つか》われたでしょうから、今宵はもうどこにも行きたくないのかもしれませんよ。幾千代さん、やはり、お帰りになったほうが宜しくてよ」

おりきがそう言うと、幾千代も納得したように頷く。

「そうだよね。じゃ、あちしも帰るとするよ。長居《ながい》をして悪かったね。あっ、そうそう、二、三日中に、袴着用の晴着を古手屋に届けさせるけど、あすなろ園に届けたほうがいいのかえ？　それとも、下高輪台《しもたかなわだい》のおまきの仕舞《しも》た屋のほうがいいのかえ？」

「それでしたら、おまきに届けてやって下さいませんか？　わたくしからおまきにその旨《むね》を話しておきますので……」

「あい解った！　じゃ、引き上げるよ。おさらばえ！」

幾千代が紋付《もんつき》の褄《つま》を取り、ちょいと会釈《えしやく》して障子の外に消えていく。

「幾千代さん、ずっとここで幾富士さんの帰りを待っていらっしゃったのですか？」

おうめが信じられないといった顔をする。

「ええ、八ツ頃からずっとね。幾富士さんのことが気懸《きが》かりで、今日はお座敷を休まれたみたいです」

おりきがそう言うと、おうめは目をまじくじさせた。

「まるで、子供を初めてのお遣《つか》いに出させたみたいではないですか！」

「幾千代さんにとって幾富士さんは我が娘《こ》も同然……。幾富士さんは大人ですが、初めてのことをさせるのですもの、その想いは同じなのですよ。さっ、そろそろ、泊《と》まり客が見える頃です。お出迎えの仕度《したく》にかかって下さい」

「はい」

おうめが帳場から出て行く。

おりきはふうと太息《ふといき》を吐《つ》いた。

やれ、なんとか京藤の出張料理も終わったようである。

「女将さん、浜松《はままつ》の宝寿堂《ほうじゆどう》さまがお着きでやす！」

玄関側の障子の外から、下足番の吾平《ごへい》が声をかけてくる。

おりきは着物の襟《えり》ぐりを指で直すと、気合を入れるようにポンと帯を叩《たた》いた。


七五三を翌々日に控えた十一月十三日、貸本屋の謙吉が久々に立場茶屋おりきを訪ねて来た。

謙吉がこの前訪ねて来たのが五月で、あすなろ園の子供の誰か一人を市谷田町《いちがやたまち》一丁目の数珠屋《じゆずや》念仏堂《ねんぶつどう》の養子に貰《もら》えないだろうかと話を持って来たのだが、すると、半年ぶりということになる。

「まあ、謙吉さん！　その後、茜《あかね》ちゃんはどうしていますか？」

おりきは謙吉の顔を見るなり、茜の名を口にした。

「ええ、すっかり嘉右衛門《かえもん》さん夫婦に懐《なつ》き、機嫌よく暮らしているようで……。と言っても、あたしもなつめを養女に引き取ってからというもの、身代限《しんだいかぎ》りとなったにこにこ堂を一日も早く再建しようと、席の暖まる暇がないほど忙しくしていまして、なかなか念仏堂を訪ねることが出来ませんで……。ところが、霜月《しもつき》（十一月）に入《へえ》ってすぐのことでしたか、たまたま近くに用があったものだから、茜ちゃんがどうしているのか気になり、覗《のぞ》いてみたってわけで……」

おりきはお茶を淹《い》れながら、謙吉にふわりとした笑《え》みを投げかけた。

「そうですか……。それは良かったですこと！　いえね、あのくらいの娘《こ》は他人《ひと》に懐くのが早く、その点は心配なかったのですが、悠基ちゃんと離れ離れにされたことで、幾《いく》らかは心細がっているのではと思っていたのですよ。けれども、あの念仏堂ご夫妻《ふさい》ですもの、さぞや茜ちゃんを可愛《かわい》がって下さっていることでしょう」

「ええ、ええ、それはもう、目の中に入れても痛くないとはあのことで……。茜ちゃんを見る二人の目……。女将さんに見せたいほどでしてね。あたしもお杉《すぎ》もなつめが愛《いと》しくて堪らないのですが、あの二人には兜《かぶと》を脱《ぬ》がざるを得ません。まっ、なつめの場合はうちに来たときが十歳だったこともあり、そうそう猫っ可愛がりも出来なかったのですがね。だが、心の中では、念仏堂には決して負けやしませんからね！　なんとしてでも、なつめを裏店《うらだな》暮らしから抜け出させてやりたくて、小さくとも、てめえの見世《みせ》をと我勢《がせい》した甲斐《かい》があり、やっと湯島《ゆしま》二丁目に小体《こてい》な見世を構えることが出来やした……」

「まあ、それは重畳《ちょうじょう》ですこと！」

「と言っても、表通りではなく新道《しんみち》なんですけどね……。それも二十坪にも満たない仕舞た屋なんですが、まっ、二階がついているので、そこなら、なつめも現在《いま》より少しはゆったりと暮らせるのじゃないかと思いやして……」

「現在《いま》の本郷菊坂町《ほんごうきくざかちょう》と湯島とでは、さほど遠く離れているというわけではありませんが、それで、いつお引っ越《こ》しになるのですか？」

「それが、一廻り《ひとまわり》（一週間）前に引っ越したばかりでしてね……。やっと、見世らしく調《ととの》いましたんで、それで今日はご挨拶に伺《うかが》ったわけで……。と言いますのも、今後は外廻りは使用人にやらせることになりますんで、これまでのようにあたしがあすなろ園にちょくちょく顔を出すことが出来なくなります。けど、ご安心を！　ときたま、あすなろ園を覗くようにと店衆《たなし》に言いつけておきますんで……」

「まあ、何故《なぜ》、早く言って下さらなかったのですか？　見世を出されたのであれば、何か祝いをしなければならなかったというのに……。では、少々お待ち下さいませ」

おりきが金箱《かねばこ》の蓋《ふた》を開け、小粒《こつぶ》（一分金）を取り出すと、懐紙《かいし》にくるんで謙吉の前に差し出す。

「ほんの気持です。本来ならば、わたくしどものほうから祝いに駆けつけなければなりませんでしたのに、どうか、このような不作法《ぶさほう》をお許し下さいませ」

謙吉が挙措《きょそ》を失う。

「滅相もありません。あたしはそんなつもりで来たんじゃ……。いえ、いけません。お心だけ有難《ありがた》く頂戴《ちょうだい》いたしますんで、どうかこれはお収め下さい」

「謙吉さん、わたくしに恥をかかせないで下さいませ。おまえさまにはこれまでもさんざんお世話になってきました。あすなろ園の子供たちに絵本を届けて下さったり、お杉さんにはぼた餅《もち》を作っていただき、そして、亡くなられたお母さまには、あすなろ園の子供たちのために袴着用の晴着一式を寄贈していただきました……。それに、何よりお礼の申しようがないのは、脚《あし》の不自由ななつめちゃんを養女として引き取って下さったことです。孤児《みなしご》となり、京《きょう》からはるばる品川宿門前町までやって来たなつめちゃんを、我が娘のように慈《いつく》しみ大切に育てて下さっているのですもの、これほどの悦びはありません。そのおまえさまがにこにこ堂を再建なされたというのですもの、せめて、わたくしの気持を受け取って下さいませ」

おりきが懇願《こんがん》するように言うと、謙吉はようやく頷いた。

「解りました。では、有難く頂戴いたします」

おりきはほっと胸を撫《な》で下ろし、謙吉の湯呑《ゆのみ》に二番茶《にばんちゃ》を注《つ》いだ。

「けれども、虫の知らせでしょうか……。実は、ついこの間、お銀さんのことを亀蔵親分と話したばかりなのですよ」

「お袋《ふくろ》のことを？」

「ええ、お銀さんが亡くなられる少し前のことですが、あすなろ園の子供の中に袴着を祝う子がいて……、ええ、そうですわ、悠基ですけどね。悠基の袴着に着せる晴着をさあどうしたものかと思っていましたところ、お銀さんがわたくしどもに有無《うむ》を言わせず、古手屋で紋付《もんつき》羽織袴を見繕《みつくろ》ってきて下さったのですが、そのことは前にも話しましたわよね？　ところが此度は、キヲさんの息子海人ちゃんが髪置を迎えることになりましてね。あのときの晴着がまたもや役に立つことになりましたの……」

「ああ、そんなことがありましたな。あたしはにこにこ堂を身代限りにしてしまい、母を路頭《ろとう》に迷わすことになったことを悔《く》いていましたが、母があたしの知らないところでそんな功徳を施《ほどこ》していたとは……。それなのに、あたしは母にあのような不憫《ふびん》な死に方をさせてしまいました。ああ、あたしはなんという親不孝者《おやふこうもの》でしょうか……」

謙吉が辛《つら》そうに顔を歪《ゆが》める。

謙吉は、お銀が泣きのお銀と異名《いみよう》を取る巾着切《きんちやくき》りだったと知らない。

十四年前、浜町川沿《はまちようがわぞ》いの大火で一家離散したお銀は、生き延《の》びたのは自分だけだと思い、以来、生きていく術《すべ》に巾着切りの道を選んだのであるが、お銀の長男謙吉も生き延びていて、近所の者から母親も助かったと聞かされた謙吉は、以来、貸本を担《にな》い歩きながら母の行方《ゆくえ》を捜《さが》し続け、神田《かんだ》同朋町《どうぼうちよう》に貸本屋にこにこ堂を構えるまでになっていた。

謙吉はやっとの思いでお銀を見つけ出すと、おっかさんには二度と苦労をさせないと、お銀を下にも置かない扱いをしていたのだが、お銀にはそれが息苦しくて堪らなかったようである。

生きていくために、あの手この手と万八《まんぱち》（嘘《うそ》）を吐きまくり、嘘泣《うそな》きをしては他人《ひと》の同情を買い、懐のものを掠《かす》め取っていた頃が無性《むしよう》に懐かしくなってしまったのである。

それで、にこにこ堂が身代限りとなったのをこれ幸いとばかりに息子夫婦の前から姿を消し、再び、泣きのお銀に舞い戻ってしまったのである。

そして、お銀の入水《じゆすい》……。

だが、終《つい》しか、亀蔵もおりきも謙吉にお銀の正体《しようたい》を明《あ》かすことはなかったのである。母親思いの謙吉の姿を見ていると、敢えて、母親の虚像《きよぞう》をくずし、哀《かな》しませることはないと思ったのである。

現在《いま》でも、おりきは謙吉に母の死を知らせて戻って来たときの亀蔵の言葉が忘れられない。

「俺が生前お袋さんに世話になったと言ったら、謙吉が母は何を世話したのでしょうかと訊くもんだから、俺《おり》ャ、冷や汗をかいちまったぜ……。それで、咄嗟《とつさ》に、品川宿にあすなろ園という養護施設があって、おめえのお袋は時折そこを訪ねては子供たちの世話をしたり、施しをしていたんだ、と万八を吐いたのよ。そしたら、謙吉の奴、その話にいたく感動してよ……。現在《いま》の自分は担い売りにすぎないが、借金は粗方皆《あらかたみな》にしたんで、これからは、自分がお袋の意思を継《つ》ぐ、これまでは見世を大きくすることばかり考えてきたが、孝行したい親はもういないので、これからは地道な商《あきな》いをしていくつもりだ、幸か不幸か自分には子がいないので、あすなろ園の子供たちのために幾らかでも役に立ちたい、それがお袋を悦ばせることになるのだから……、とそう言うのよ。なっ、出来た息子だろ？　俺ャ、今さらながら、お銀て女《おな》ごはどこまで幸せな女ごなのだろうかと思ってよ……」

「本当ですわね。お銀さんはやりたい放題に生き、親分を翻弄《ほんろう》し続けましたけど、そうは言っても、どこかしら憎めない女《ひと》ですものね」

おりきもそう言ったことを、はっきり憶《おぼ》えている。

おりきは謙吉の目を瞠めた。

「謙吉さんは親不孝なんかであるものですか！　おまえさまのような息子を持てて、お銀さんは悦んでいらっしゃいますわよ」

「そうだとよいのですが……。あっ、それはそうと、あたしが今日ここに来ましたのには、もう一つ用件がありましてね……」

「もう一つ用件とは……」

おりきが怪訝《けげん》な顔をする。

「先ほど、久方ぶりに念仏堂を訪ねたと言いましたでしょう？」

「ええ」

「実は、茜ちゃんも今年が髪置で……。三歳といえば三ツ身を着せる祝いも重なり、念仏堂の旦那がこれはなんでも祝いをしなくちゃってんで、是非、祝いの席に悠基を呼びたい、とそう言われましてね……。それで近日中に立場茶屋おりきを訪ねるというあたしに、女将さんや貞乃《さだの》さまの了解を得て、悠基を連れて来てくれないかと頼まれやしてね……。駄目でしょうか？」

いきなりのことで、おりきは目を瞬《しばた》いた。

悠基は茜の兄……。

その茜の髪置の祝いに悠基が参列するのは、当然のことだろう。

だが、問題は、茜を念仏堂の養女にする際、半《なか》ば強引《ごういん》な形で兄妹《きょうだい》を引き離したことも……。

勿論《もちろん》、悠基には諄々《じゅんじゅん》と言って聞かせ、納得させたうえのことだったのであるが、なんと言っても、悠基はまだ七歳……。

貞乃から聞いた話では、時折、塞《ふさ》ぎ込んでいたり、茜、今頃どうしているんだろうか、と呟《つぶや》いているそうである。

が、茜が念仏堂に引き取られていって半年……。

その後、あすなろ園にはおひろと武蔵《たけぞう》の二人が仲間に加わり、やっと悠基の顔にも笑みが戻りつつある。

それなのに、今また、その小さな心を惑《まど》わせるようなことをしてよいものだろうか……。

そんな想いが、ちらとおりきの脳裡《のうり》を過ぎったのである。

「解りましたわ。では、暫《しばら》くここでお待ち下さいませんか？　貞乃さまと相談し、本人が行くと言えば連れて参りますので……」

「あっ、さいですよね。やっぱ、本人の気持を確かめるのが先です。解りました。ここでお待ちしていますんで……」

謙吉はそう言うと、煙草盆《たばこぼん》を膝許《ひざもと》に引き寄せた。


貞乃はおりきから話を聞き、暫《しば》し考え込んだ。

「そうですね……。やっと此《こ》の中《じゅう》、悠基ちゃんが茜ちゃんの名を口にすることがなくなったというのに、髪置の祝いで再会し、そのまま悠基ちゃんも念仏堂に留《とど》まるというのなら話は別ですが、またもや引き離されたのでは、寝た子を起こすようなものですからね……。かと言って、たった二人の兄妹《きょうだい》なのだから、逢《あ》えるときには逢わせてやりたいし……。困りましたわ、おりきさま……。わたくしにはどうすべきか判断しかねます」

貞乃の言うとおりである。

まさに貞乃の逡巡《しゅんじゅん》はおりきの逡巡であり、これが最適という答えが見出せないのである。

すると、キヲが傍に寄って来て、おりきと貞乃の顔を交互に見た。

「何を迷うことがあるんです？　悠坊《ゆうぼう》に何もかもを話し、本人に決めさせればいいんですよ。だって、茜ちゃんが念仏堂に引き取られていくことになったときも、悠坊は兄妹《きょうだい》が引き離されることになった事情を噛んで含めるように言って聞かせると、解ってくれたじゃないですか……」

それはそうなのであるが、一旦は納得したかに見えた悠基が、茜が引き取られていく間際、他の子供たちが街道まで出て見送るのを後目《しりめ》に、貞乃たちが、これで最後なんだからせめて見送りを、と言うのにも耳を貸そうとせず、何かに憑《つ》かれたように手習に没頭《ぼっとう》したのである。

しかも、貞乃や子供たちが見送りから戻ってみると、子供部屋の板間にびりびりに裂《さ》かれた半紙があちらこちらに散らばっていたというではないか……。

子供というものは、そんなもの……。

一見、解ったふうにみえ解ってなく、解らなげにみえて解っているのである。

あのとき、おりきは念仏堂嘉右衛門と女房の一世《かずよ》を前にして、子供の悠基にも解るように言って聞かせたのである。

「実はね、悠基ちゃん。このおじさんとおばさんが茜ちゃんのことをすっかり気に入ってしまわれましてね。お二人は市谷田町というところで念仏堂という数珠屋をなさっているのだけど、十年ほど前に一人息子を亡くされたそうなのよ。以来、寂しくて寂しくて、どんなに子供を欲《ほ》しいと思ってこられたことか……。そうしたら、悠基ちゃんも知っているように、ほら、なつめちゃんが貸本屋の謙吉さんのところに貰われていくことになったでしょう？　それを聞いて、念仏堂さんもどうしてもあすなろ園の子供たちに逢ってみたくなったのですって……。念仏堂さんね、あすなろ園の子供たちが明るくて素直で、皆、大好きだと言われていますのよ。中でも、茜ちゃんが十年前に亡くなった息子さんと同い年なものだから、可愛くて可愛くて、出来るものなら、自分たちの娘として育ててみたいと、そうおっしゃるのですよ。けれども、そうなると、悠基ちゃんとは離れ離れになってしまいます……。わたくしもね、悠基ちゃんにそれが出来るかどうか心配しているのですよ。ねっ、どうかしら？　このお二人なら茜ちゃんのことを可愛がって下さり、茜ちゃんも念仏堂の娘になれば何不自由のない暮らしが出来るのです。茜ちゃんの幸せを願い、お二人に茜ちゃんを託《たく》してみませんか？　勿論、悠基ちゃんがどうしても嫌だというのであれば、お二人には諦《あきら》めてもらうのですけどね」

悠基はおりきが諄々と諭《さと》す最中《さなか》も、瞬《また》きひとつせずにおりきの顔を瞠めていた。

「悠基ちゃん、おばちゃん、約束しますよ。茜ちゃんを大切に育て、念仏堂の娘としてどこに出しても恥ずかしくない娘にしてみせますからね！」

一世にそう言われても、悠基はとほんとした顔をしていた。

おりきの言ったことが解っていないはずはないのに、これは一体どうしたことであろうか……。

「おう、悠基、どうしてェ！　女将さんの言われたことが解らねえというんじゃなかろうな？」

「おいらはどうなるの？」

達吉が気を苛ったように言うと、悠基はおりきを真っ直《す》ぐに瞠めた。

「…………」

「…………」

「…………」

誰もが息を呑《の》んだ。

当然、解っているると思っていたのである。

「何言ってやがる！　だから、女将さんが説明しただろうが……。おめえはあすなろ園に残るんだよ。茜と離れ離れになって可哀相《かえいそう》だとは思うが、それが茜のためになるんだから、辛抱《しんぼう》しな！　おめえは茜のあんちゃんだ。あんちゃんなら、妹の幸せを願うのが当然だろう？」

達吉が悠基の喝僧頭《がっそうあたま》に手を置き、なっ、と覗き込むと、悠基は今にも泣き出しそうに顔を歪めた。

「おいら、あんちゃんだから茜の傍にいて、護《まも》ってやらなきゃなんねえんだ……。白金にいた頃からずっとそうしてきたんだもん。おいらが見張ってねえと、茜がおばちゃんに苛《いじ》められてしまう……。だから、おいらが……、おいらが茜を護ってきたんだ……」

悠基の目がわっと涙に覆《おお》われた。

白金のおばちゃんとは、悠基と茜の母お久里《くり》の従姉《いとこ》おりんのことである。

悠基たちの父親《てておや》は歌川源基《うたがわげんき》という歌川派《うたがわは》の絵師だが、お久里が茜を産《う》んで暫くして亡くなると、子供たちの世話をさせるために、おりんを白金猿町《しろかねさるまち》の仕舞た屋に同居させるようになったという。

おりんはお久里が生きている頃より源基に横恋慕《よこれんぼ》していたので、源基が絵姿《えすがた》（モデル）の女ごを次々に家に引き入れるのに業《ごう》を煮やし、源基の目の届かないところで茜を虐待《ぎやくたい》していたのである。

そして、そんなある日、おりんは子供たちを海晏寺《かいあんじ》の紅葉狩りに連れ出すと、立場茶屋おりきの茶屋に二人を置き去りにしてしまったのである。

ところが、やっとのことで亀蔵が悠基の親を突き止め訪ねて行ってみたところ、元々子供に関心を持たない源基は、我が子が何日も家を空けていることに気づいていなかった。

しかも、言うに事欠《ことか》いて、現在《いま》、子供たちを世話してくれているところが養護施設というのなら、そのまま預かってくれてもいいのだが、と言ったというのである。

それで、おりきは二人の子と亀蔵を伴《ともな》い、源基の腹を確かめようと白金猿町を訪ねたのであるが、源基は子供たちの姿を見ても面倒臭《めんどうくさ》そうにチッと舌を打ち、吐き出すように言った。

「へっ、手間を取らせやした。いいから、そこら辺にうっちゃって、お引き取り願いやしょうか」

その言葉に、亀蔵の鶏冠《とさか》に血が昇《のぼ》った。

「おう、てめえ、いい加減《かげん》にしな！　餓鬼《がき》を置き去りにしただけでもふてェ話だというのに、この数日、我が子が世話になった礼のひとつも言えねえのかよ！」

「そいつァ済まなかったな。礼を言うぜ」

「この置いて来坊《きぼう》が！　それが礼を言う態度かよ。大体《でえてえ》よ、てめえの餓鬼がいなくなったのに気づかねえ親がどこにいようかよ！　絵のことで頭が一杯《いっぺえ》で、餓鬼のことまで考えが及ばなかっただと？　てんごう言うもんじゃねえや！　そんな親がいて堪るもんか！」

「だからよ、俺ャ、親の資格がねえのよ。こんな親じゃ気に入らねえというんなら、いつだってくれてやらァ！　煮て食おうと焼いて食おうと、好きにしてくんな」

「この糞《くそ》！」

そんな遣り取りが、源基と亀蔵の間で繰り広げられた。

おりきはこんな男に何を言っても無駄だと思った。

それで、最後に、確認の意味で訊ねたのである。

「では、お二人にお訊ねします。本当に、おまえさまは悠基ちゃんや茜ちゃんが要《い》らないとお言いなのですね？」

源基は一瞬呆然《ぼうぜん》としたが、おりんを流し見ると、へい、と頷いた。

それで、おりきの腹は決まった。

「悠基ちゃん、あすなろ園に帰りましょうか？　おとっつァまやおばちゃんには逢えなくなるけど、それでも構わないかしら？」

悠基は円《つぶ》らな瞳《ひとみ》をおりきに向け、こくりと頷いた。

そんなことがあって悠基と茜はあすなろ園の仲間に加わったのであるが、半年前、茜が念仏堂に貰われていくことになり、悠基は妹と離れ離れになってしまったのである。

おりきは貞乃が言うのにも、キヲが言うのにも、一理《いちり》あると思った。

だが、やはり、ここは悠基の気持を聞くべきではなかろうか……。

「貞乃さま、やはり、悠基の気持を聞いてみましょう。あれから半年ですもの、悠基の中でも、心の整理が出来ているかもしれません」

それで、悠基の気持を聞くことになったのであるが、存外にも、悠基はあっさりと、うん、行くよ、と答えたのである。

おりきも貞乃も慌てた。

「悠基ちゃん、よく考えるのですよ。此度は茜ちゃんの髪置の祝いに行くのであって、ずっと念仏堂にいられるわけではないのですよ」

「愉《たの》しいひとときを終えたら、また茜ちゃんと離れることになるのだけど、それでも構わないのね?」

おりきと貞乃がそう言うと、悠基はこくりと頷いた。

「おいら、解ってるよ」

おりきは貞乃と顔を見合わせると、

「でしたら、現在《いま》、旅籠の帳場に貸本屋の謙吉さんがお見えですので、田町まで送っていただきましょうね」

と言った。

「悠坊、良かったじゃないか! 久し振りに、茜ちゃんに逢えるんだよ」

キヲが腰を屈《かが》め、悠基の顔を覗き込む。

「うん!」

悠基は屈託《くったく》のない声で答えた。

おりきと貞乃が再び顔を見合わせる。

二人とも、複雑な想いに、なんと言ってよいのか解らなかったのである。

そして、七五三当日、おりきは旅籠の用事を片づけると、四ツ半（午前十一時）前、祝いの焼鯛《やきだい》を手におまきの仕舞た屋へと向かった。

「下高輪台の春次《はるじ》さんの家でやすね？」

四ツ手（駕籠《かご》）の六尺《ろくしゃく》（駕籠舁《か》き）八造《はちぞう》が簾《すだれ》を捲《めく》りながら訊ねる。

「ええ、今日はおまきのところの太助ちゃんの髪置でしてね」

おりきが手にした風呂敷包《ふろしきづつ》みをちょいと掲《かか》げてみせる。

ああ……、と八造は愛想《あいそ》のよい笑みを寄越《よこ》した。

どうやら、風呂敷包みの形から見て、鯛だと解ったようである。

この鯛は今朝巳之吉が魚市場《うおいちば》で仕入れてきたもので、おりきは活鯛《いきだい》のまま贈るほうがよいのではと一瞬迷ったが、活鯛だと捌《さば》くのに手間がかかり、おまきにはとてもそんな芸当《げいとう》は出来ないだろうと思い直し、この秋焼方《やきかた》に上がったばかりの福治《ふくじ》に焼かせたのである。

亀蔵は此度も八文屋《はちもんや》で太助の祝膳《いわいぜん》をと申し出てくれたが、おまきはそれを固辞《こじ》した。

「和助のときはみずきちゃんの帯解の祝いと一緒だったので厚意に甘えてしまいましたが、此度は太助だけですので……。それに、あの子の祝膳はあたしの手で作ってやりたいと思いますんで、お言葉だけ有難く頂戴いたします」

おまきにそう言われたのでは、亀蔵も引き下がらざるを得なかった。

「そうけえ……。まっ、おめえはおっかさんだ。おっかさんが子供の祝膳を拵《こしら》えてやるに越したことはねえからよ」

「おさわさんのように手の込んだものが作れるわけではありませんが、親分も是非祝ってやって下さいな。立場茶屋おりきの女将さんも見えますので、正午近くになったら、是非……」

「おっ、俺も呼んでくれるってか？　じゃ、ちょいとだけ顔を出してみるかな」

亀蔵はそう答えたというから、よほどのことがない限り、顔を出すに違いない。

おりきは四ツ手に揺《ゆ》られながら、おまきが位牌師《いはいし》春次の後添《のちぞ》いに入り、四人の子の義母《はは》となって一年と四月《よつき》……、と指折り数えた。

その間、実に様々《さまざま》なことがあったが、最初《はじめ》のうちはぎくしゃくとしていたお京《きょう》との仲もこの頃うち甘《うま》くいっているようだし、何よりおまきが義母《はは》としての自信に溢《あふ》れてきたことほど嬉しいことはない。

しかも、唯一《ゆいいつ》おまきの心に昏《くら》い影を落としていたのが太助の母お廉《れん》の存在なのだが、お廉はもうこの世の人ではないのである。

おまきの話では、お廉の死を知り取り乱した春次も、現在《いま》ではすっかり心の整理がついたとみえ、子供たちのことはおまきに委せ、相も変わらず仕事ひと筋に励《はげ》んでいるという。

それでよいのだ……、とおりきも思う。

家族というものは、母親を軸《じく》に廻っていくもの……。

父親《てておや》は妻子《さいし》にひもじい思いをさせないように金を稼《かせ》ぎ、ここ一番というときに本《ほん》領《りょう》を発揮《はっき》することで、父親《てておや》としての威厳《いげん》を保《たも》つ。

それが家族が睦《むつ》まじく暮らしていくための秘訣《ひけつ》……、とそうおりきは思うのだった。

「へい、着きやしたぜ！」

八造の声に、おりきはハッと我に返った。

「ご苦労でしたね。では、一刻ほどしたら、迎えに来て下さい」

おりきが八造に駕籠代《かごだい》の他に酒手《さかて》を握らせる。

「毎度、どうも……」

八造は気を兼ねたような顔をして金を受け取り、今来た道を引き返して行った。

「おう、遅《おせ》エじゃねえか！」

おりきが腰高障子《こしだかしょうじ》を開けると、亀蔵の声が飛んできた。

おやまっ、おりきには行けるようなら顔を出してみると勿体《もったい》をつけていたというのに、亀蔵のほうが先に来て待っているとは……。

「まだ正午には少し間がありますわよ。親分がこんなに早くおいでになっていたとは驚きましたわ……。おや、まあ、太助ちゃん、なんて凜々《りり》しい姿でしょう！　さっ、立って、女将さんに全身を見せて下さいな」

おりきが晴着を纏《まと》った太助に目を細める。

「これが幾千代さんが贈って下さった晴着なのですね……。まあ、なんて見事な！」

そう言ってやると、太助は得意満面《とくいまんめん》に胸を張ってみせた。

見ると、お京も幸助《こうすけ》も和助も、一張羅《いっちょうら》を纏っている。

この着物は、和助の袴着の際、これまで帯解も袴着も祝ってもらっていないというお京や幸助のために、おまきが自分の袷《あわせ》を質《しち》に入れて手に入れたものだった。

おまきの縮緬《ちりめん》の袷は、春次の許《もと》に嫁《とつ》ぐに当たり、おりきが祝いに贈ってやったものである。

が、現在《いま》この場でおまきがその袷を身に着《つ》けているということは、和助の祝金《いわいきん》で質《しち》屋《や》から請《う》け出してきたからに違いない。

「お京ちゃん、幸助ちゃん、和助ちゃん、そして、おまき……。皆、綺麗《きれい》だこと！」

おりきが惚《ほ》れ惚《ぼ》れとしたように見廻すと、春次がへへっと照れたように月代《さかやき》に手を当てる。

「あっしだけが常着《つねぎ》のままで……」

「何を戯《たわ》けたことを！　おめえさんはそれでいいのよ。今日は子供たちの祝いで、おめえはせっせと金を稼いでりゃいいんだからよ」

亀蔵が木で鼻を括《くく》ったような言い方をする。

おりきはめっと亀蔵を目で制すと、おまきに風呂敷包みを手渡した。

「焼鯛です。けれども、まあこんなにご馳走《ちそう》が……。これすべてをおまえが作ったのですか？」

おりきが箱膳《はこぜん》ばかりか、畳《たたみ》の上に置かれた大皿《おおざら》や大鉢《おおばち》料理に目を丸くする。

各々《おのおの》の箱膳の上には、塩引鮭《しおびきざけ》の船場仕立《せんばじた》て、菊菜の胡麻和《ごまあ》え、出汁巻玉子《だしまきたまご》、赤飯《せきはん》が……。

そして、畳の上に置かれた大鉢の中には煮染《にしめ》、大皿に鰯《いわし》のカピタン漬《づけ》が盛りつけてある。

「いえ、あたし一人では、とてもこんなには……。煮染と鰯のカピタン漬はおさわさんが親分に持たせて下さったんですよ」

成程《なるほど》……、とおりきも納得する。

煮染はおさわの得意料理で、八文屋の常連はおさわの煮染を食べたくて、毎日のように顔を出すという。

それに、鰯のカピタン漬……。

カピタンとは船長という意味で、この料理の別名が南蛮漬《なんばんづけ》と言われるように、長崎《ながさき》に来航《らいこう》した異人《いじん》から伝わったと思えるが、三杯酢《さんばいず》に葱《ねぎ》や千切《せんぎ》りにした人参、椎茸を入れてひと煮立ちさせた中に、揚げた小鰯《こいわし》を漬《つ》け込み、仕上げに小口《こぐち》切りにした赤唐辛子《あかとうがらし》を振りかけ、どこかしら異国風《いこくふう》の風味合がする。

が、八文屋のように商いとして作るのでなければ、簡単そうに見えて、なかなか手間のかかる料理といってもよいだろう。

おまきが焼鯛を大皿に載せ、太助の箱膳の前に置く。

「どうだえ、美味《うま》そうだろ?」

「ええっ……、太助だけが食うのかよ!」

和助が大声を上げる。

「バァカ！　皆で分けるに決まってるじゃないか！」

お京が莫迦にしたように言う。

「さあさ、じゃ、皆、頂こうじゃないか！」

おまきがそう言い、大鉢や大皿の料理を取り皿に分けていく。

「太助ちゃん、お目出度《めでと》うね！」

「太助もいよいよ結髪《けっぱつ》か……。おっ、目出度《めでて》ェな！」

「有難うごぜえやす……。上の子たちばかりか、太助までこんなによくしてもらい、あっしにはお礼の言葉もありやせん……」

春次が涙に目を潤《うる》ませる。

「この藤四郎《とうしろう》が！　目出度《めでて》ェ席だというのに、しんみりしてどうするってか！　さっ、飲め、と言いてェところだが、今日は酒がねえんだったな？」

「申し訳ありません。うちの男《ひと》が成る口じゃないもんだから、日頃、お酒を置いていなくて……」

おまきが焼鯛の身を解《ほぐ》しながら、肩を竦《すく》めた。

「いいってことよ！　今日は太助の祝いだ。それによ、真っ昼間《ぴるま》から酒を引っかけたんじゃ、やっぱ人目《ひとめ》を憚《はばか》るってもんでよ」

亀蔵はそう言い、塩引鮭の船場仕立てを啜り、おっ、美味《うめ》ェや！　と頬を弛める。

が、改まったようにおりきを見ると、

「ところで、海人のほうはどうなった？　まさか、弥次郎《やじろう》もキヲも忙しくて、宮詣りに連れて行けねえというんじゃあるめえな？」

と言った。

「いえ、ちゃんと行きましたわよ。今日はキヲさんに一日暇を取らせましたのでね。朝一番、品川神社《しながわじんじゃ》にお詣りしましたが、恐らく今頃は、茶屋で弥次郎を交《まじ》えて祝膳を囲《かこ》んでいるでしょう……。本来ならば、弥次郎も今日一日休ませればよかったのでしょうが、弥次郎には板頭としての務めがありますのでそういうわけにもいきません。それで、今日は親子三人が茶屋で膳を囲むことを許しましたのよ。まあ、キヲが大《おお》悦《よろこ》びで……。弥次郎が茶屋の板頭をしていても、日頃は、弥次郎の作った料理を口にすることが出来ませんでしょう？」

「じゃ、おりきさんが気を利かせてやったってわけか……。俺ャよ、正《まさ》な話、太助も海人も八文屋で祝膳をと思ってたんだ……。それなのに、おまきもキヲも断っちまってよ！」

「そんなことをすれば、またもや八文屋が商いを休まなければなりません。ですから、これでよかったのですよ」

おりきは亀蔵を宥《なだ》めたが、胸の内で、親分たら、なんて善《よ》い男《ひと》なんだろう……、と手を合わせていた。

恐らく、今頃は悠基も茜に再会し、念仏堂の皆と祝膳を囲んでいることだろう。

そう思った刹那《せつな》、おりきの胸に熱いものが衝《つ》き上げてきた。


達吉が帳場に入って来るや、訝しそうに首を傾げる。

「今、貞乃さまから聞いたんだが、悠基の奴、茜ちゃんの髪置が終わったというのに、まだあすなろ園に戻って来てねえとか……。七五三は二日前《めえ》だったから、今日でかれこれ五日になるというのによ」

達吉が言うのも尤《もっと》もで、悠基が謙吉に連れられて念仏堂に行ったのが七五三を翌々日に控えた日だったので、今日で五日……。

些《いささ》か長すぎると思わなくもないが、念仏堂では、用が済んださっさと帰れというのではあまりにも情がないと思い、それで、もう暫く悠基を茜の傍に置いてやろうと思っているのかもしれない。

と、そんなふうに、おりきはどこかしら泰然《たいぜん》と構えていたのである。

「まさか、このまま悠基も念仏堂で引き取るってことじゃ……」

「それならそれで、その旨を伝えてくるはずです。大番頭さんは心配性《しんぱいしょう》だこと……。まだ五日ではありませんか！」

おりきがくすりと肩を揺らす。

「まだ五日って……。俺ャ、もう五日も経《た》っちまったと思ってたのによ。それに、謙吉さんも謙吉さんだ！　自分が間に入《へえ》ってしたことなんだから、念仏堂がもう暫く悠基を引き留《と》めるのなら引き留めるで、ちゃんとその旨を知らせて来るべきじゃありやせんか？」

達吉が忌々《いまいま》しそうに言う。

「謙吉さんはにこにこ堂を再建したばかりで、お忙しいのですよ」

「忙しいといっても、便り屋に文《ふみ》を託すことくれェ出来るだろうに……。それに、謙吉さんは帰《けえ》りもちゃんと自分が送って来ると、そう女将さんに約束したんでやすからね！」

「そんなに心配なら、達吉が迎えに行けばよいでしょうに……」

「あっしが迎えに？　いや、それはちょいと……」

おりきはくすりと笑った。

これまで貸本を担って江戸の各地を廻ってきた謙吉と違い、ここ何年も品川宿を離れたことのない達吉には、とても市谷田町まで脚を延ばすことが出来ないことが解っていたのである。

「まっ、女将さんがそんなふうに安気《あんき》に構えていなさるんじゃ、あっしがとやかく言うこたァねえんでやすがね。貞乃さまがあんまし心配《しんぺえ》そうな顔をしていたもんだから、つい……」

「解りました。では、わたくしから念仏堂と謙吉さんに文を書いてみましょう。後で、末吉《すえきち》に便り屋まで届けさせて下さいな」

おりきがそう言ったときである。

玄関側の障子の外から声がかかった。

「おりきさん、いるかえ？」

幾千代の声である。

「どうぞ、お入り下さいな」

障子が開いて、幾千代が入って来る。

今日の幾千代は洗い髪を櫛巻《くしまき》にしただけで、着物も常着の袷のまま……。

すると、湯屋《ゆや》の帰りなのであろうか……。

幾千代は長火鉢《ながひばち》の傍まで寄って来ると、すとんと腰を下ろした。

「おりきさん、聞いておくれよ！」

幾千代が縋《すが》るような目をおりきに向ける。

どうやら、深刻な話のようである。

「この前の京藤の話なんだけどさ……。あれで済んだのかと思っていたら、ところがどっこい、そうじゃなかったんだよ！」

「と言いますと？」

おりきが茶を淹れる手を止め、幾千代に目を据える。

「あの日、幾富士は京藤の息子伊織って男の給仕をしただろう？　幾富士ったら、大したことをしたわけでもないのに、ご祝儀に一両も貰ったもんだから恐縮してたんだよ。あの娘《こ》、これでは貰いすぎだから返して来ようかなんて莫迦なことを言ってさ……。あちしは、てんごう言うもんじゃない、芸者が一旦《いったん》貰った玉代《ぎょく》を返すなんて不気《ぶき》（不粋）なことをするもんじゃない、それに、大したことをしていないといっても、身体の不自由な息子の世話をさせられたんだから、そのくらい貰って当然なんだ、とそう言ってやったんだよ。まっ、そんなことはどうでもいいんだが、実は、昨日、京藤の旦那がわざわざ猟師町を訪ねて来てさ……」

まあ……、とおりきが驚いたように幾千代を見る。

「どこでうちを知ったのかと聞いたら、見番で聞いたと言うじゃないか……。あちしは幾富士が寮で粗相でもしたのだろうかと身の縮《ちぢ》む思いがしてさ……。それで、なんでこんな侘《わ》び住まいを訪ねて来たのかと訊いたんだよ。そしたら、旦那がなんて言ったと思う？」

「…………」

なんと言われたかと訊かれても、そんなことがおりきに判るわけがない。

「旦那がさァ、幾富士の顔を睨《ね》めるように瞠めて、息子のことをどう思うか、とそう訊くんだよ」

えっと、おりきは息を呑んだ。

「まさか、幾富士さんを伊織さんの……」

幾千代が意味深《いみしん》な顔で頷く。

「その、まさかなんだよ……」

「…………」

「と言っても、嫁にくれとか手懸《てかけ》になれってことじゃなくて、世話係として息子の傍についてくれないか、とそう言うんだよ」

「世話係……。けれども、伊織さんには既《すで》にお世話する方がいらっしゃるのではありませんか？」

おりきが腑《ふ》に落ちないといった顔をする。

「あちしもそう思ったもんだから、てんごう言ってもらっちゃ困る、幾富士は芸者だ、芸者は芸を売り、華を売るのが仕事というのに、何ゆえ介護人の真似をさせなくちゃならないのか、とそう言ってやったのさ。ところがさァ……」

幾千代はそこで言葉を切り、肩息《かたいき》を吐いた。

「京藤の旦那が言うには、自分は紅葉狩りのあの日、せめて一日だけでも、息子に健常な身体なら味わえたであろう華やいだ雰囲気をと思っていたのだが、息子がすっかり幾富士のことを気に入ってしまい、二六時中《にろくじちゅう》傍にいてほしいと言い出したものだから、頭を抱えているのだと……。なんでも、三年前、日頃から可愛がってもらっていたお旗本《はたもと》に誘《さそ》われ遠乗《とおの》りに出たところ、突然雷《かみなり》に見舞われたものだから馬が暴れ出し、伊織さんが振り落とされちまったそうなんだよ……。伊織さんは地面に腰を強《した》たかに打ちつけ、それっきり身動きが出来なくなっちまってさ……。意識を取り戻した伊織さんの悲嘆《ひたん》ぶりときたら、目も当てられなかったそうでさ……。そりゃそうだろうさ。幾富士が言ってたけど、伊織って男はなかなか様子のよい男でさ。身体さえ不自由でなければ、女ごが放っておかないほどの雛男《ひなおとこ》なんだってさ！　そんな男だから、二十六歳の若さであんな身体になるなんて信じられなかったのだろうさ……。一時は、自ら生命《いのち》を絶《た》つつもりで、食べ物を一切《いっさい》口にしようとしなかったというからね。それを伊織さんのおっかさんが懸命《けんめい》に諭したというんだよ。おまえはおとっつァんとおっかさんの大切な息子、どんな身体であれ生きていてほしい、朝目覚めたとき、ああ、今日もおまえが傍にいてくれる、そう思うだけで、あたしたちは生きる悦びを貰えるのだから……と。おっかさんの言葉が効《き》いたのか、それから少しずつ食べ物を口にするようになってくれたと言うんだが、気放《きほうじ》（気晴らし）のために少しは外の空気を吸ってみたらどうか、たまには他人《ひと》に逢ってみてはどうかと勧めても、頑《がん》として首を縦《たて》に振ろうとしないそうでさ……」

「それで、紅葉狩りも隣室でということになったのですね？」

「ああ、そういうことでさ……。幾富士を給仕につけるのは、ある意味、旦那の賭《かけ》だったそうでさ。勿論、伊織さんには言っていなかった……。だから、最初《はじめ》の先付を幾富士が運んで行ったとき、伊織さんがどんな反応を見せるのか、旦那は客間で息を殺していたというからね」

「ところが、存外にも、伊織さんがすんなり幾富士さんを受け入れたってことなのですね？」

幾千代が仕こなし顔に頷く。

「旦那も驚いたそうでさ……。旦那、言ってたよ。幾富士が父《てて》なし子を死産したことや、その後永《なが》いこと腎《じん》の臓《ぞう》を患《わずら》い臥《ふ》していたことなどを知ったうえで、幾富士なら伊織の悶々《もんもん》とした気持を解ってくれるのではなかろうかと思い、それで無理を聞いてもらったのだが、まさか、あそこまで自分の勘が当たるとは思っていなかった、息子が幾富士を受け入れたばかりか、あんなにも食が進んだのだからなって……」

「そう言えば、あとで巳之吉が言っていましたが、最初《はじめ》の先付や八寸はほんのひと口箸をつけただけで器《うつわ》が下げられてきたので、お口に合わなかったのだろうかと案じていたそうですのよ。ところが、椀物になった途端、見事に空《から》になった器が戻ってきたそうでしてね……。次の焼物、炊き合わせ、揚物は半分ほど食べて下さり、さすがに最後の帆立ご飯には手をつけてなかったそうですけど、病の身でそれだけ食べて下さったのだと思うと、ほっと胸を撫で下ろしたと、そんなふうに言っていましたわ」

「ああ、幾富士も同じようなことを言ってたよ……。それで、あちしは思うんだけど、最初《はじめ》のうちはあれでも幾富士のことを幾らかは警戒していたが、椀物の頃になって、やっと幾富士のすべてを受け入れたってことなんじゃなかろうかと……」

幾千代は片目を瞑《つぶ》ってみせた。
が、つと深刻そうな面差しに戻すと、おりきを瞠める。
「けどさァ、いかに伊織さんが幾富士を気に入ったといってもさ……。一日だけなら
あちしも許せるが、今後もずっと伊織さんの世話をしろといわれてもね……」
幾千代が苦虫《にがむし》を噛み潰《つぶ》したような顔をする。
「それで、幾富士さんはなんとおっしゃっているのですか？」
「幾富士？　それがさァ……。はっきりしないいんだよ。考えさせてほしいって……。
思うに、あの娘《こ》、自分も腎の臓を病み、もしかするとこのまま寝たり起きたりの暮ら
しになるのじゃなかろうかと悶々としたことがあるもんだから、伊織さんにいたく同
情しているに違いないんだよ……。そりゃさ、京藤の旦那から、現在《いま》の伊織を救える
のはおまえしかいない、どうか、息子の望みを叶《かな》えてやってくれ、とそう哀願《あいがん》されて
みな？　心が揺れても仕方がないさ……。とは言え、請《こ》われるままに京藤に行ったの
では、今度はあちしに義理を欠《か》いちまう……。なんせ、姉さんの恨《うら》みを晴らそうと、
産女《うぶめ》に化《ば》けて小浜屋《こはまや》の旦那を脅《おど》そうとした幾富士を引き取り、あの娘《こ》を芸者に仕込ん
だのはあちしだからね……。あちしはあの娘《こ》が旦那を取らずに済むようにと、半玉《はんぎょく》か
ら一本になるときのお披露目《ひろめ》の掛かり費用もすべて出した……。ああ、決して恩を着

せるつもりで言っているんじゃないから、誤解しないでおくれよ。それにさァ、あの娘《こ》が又一郎《またいちろう》というすけこましに騙《だま》され赤児《やや》を孕《はら》んだときも、その子を死産し腎の臓を病んだときも、あちしは身を挺《てい》してあの娘《こ》を護ってきたからね。謂わば、あちしにとって幾富士は我が娘《こ》……。きっと、あの娘《こ》もそんなあちしに後足《あとあし》で砂をかけるような真似は出来ないと、そう思っているに違いないんだよ」

ああ、きっとそうなのだ……、とおりきも思った。

幾富士は伊織の気持も解れば、幾千代の気持も解る。

それで、その狭間《はざま》に立たされ、どうしたものかと逡巡しているのであろう。

「それで、幾千代さんはどう思われるのですか？」

おりきが訊ねると、幾千代は戸惑《とまど》ったように視線を彷徨わせた。

「あちしがどう思うかって……。それが解らないから、おりきさんにどうしたものかと相談してるんじゃないか……。けどね、あちしにも京藤の旦那の気持が解らないでもないんだよ。幾富士が傍にいることで息子が生きる望みを持ってくれるのなら、なんとしてでもそうしたいと思うのが親心だからね。幾富士の気持もよく解る……。あの娘《こ》、これまで幸薄《さちうす》い女ごだったからね。又一郎のことがあり、赤児《やや》を死産してからというもの、あの娘《こ》、女ごとしての幸せを諦めたみたいでさ……。それで、これからは芸一筋《げいひとすじ》に生きる覚悟をしたんだけど、どこかしら寂しそうでさ。時折、芙蓉《ふよう》が生きていたら三歳になってるんだねと言ってみたり、そうそう、この間、あちしがおまきのところの太助に髪置の祝いに晴着を贈ることを話したところ、幾富士ったら、そう言えば、芙蓉も今年髪置だったんだね、と呟くじゃないか……。あちし、きやりとしちまったよ。死んだ赤児《やや》のことを思い出させるつもりじゃなかったのに、なんだか悪いことを言っちまったような気がしてさ……。そんな幾富士だろ？　伊織さんが自分を必要としてくれていると知れば、支えになりたいと思っても不思議はない……。あちしはさ、幾富士の出す決断に従うつもりだよ。現在《いま》はそれしか言えない……」

「そうですか……。それを聞いて、わたくしも安堵いたしました。どんな決断を下したとしても、それが幾富士さんの気持なのですものね」

おりきがそう言うと、幾千代もやっと目の前の霧《きり》が晴れたかのような顔をした。

その様子から見て、どうやら、おりきの意見を聞くまでもなく、幾千代の腹は決まっていたようである。

「お茶を入れ替《か》えましょうね」

おりきがそう言うと、幾千代は頷いた。

「ほっとした途端、なんだかひだるく（空腹）なっちまったよ！」

幾千代は実に爽《さわ》やかな笑顔を寄越した。

「女将さん、悠基が戻って来やしたぜ！」

達吉のその声に、井戸端で千両《せんりょう》の枝に鋏《はさみ》を入れていたおりきが振り返ると、バタバタと足音がして、悠基が旅籠の通路から転がるように駆けて来た。

「まあ、悠基ちゃん、お帰りなさい！」

おりきが悠基の傍に寄って行く。

すると、少し遅れて通路から中庭に入ってきた謙吉が、気を兼ねたようにぺこりと頭を下げた。

「申し訳ありやせんでした。髪置を終えたらすぐに連れて帰《けえ》るつもりでしたのに、あたしどもに手の離せない用があり、なかなか念仏堂まで悠基を引き取りに行くことが出来なくて……。昨日、文を頂いて、穴があったら入《へえ》りたいような思いがしやした。あたしとしたことが、そうだった、この手があったのだ、と文を頂いてから気づくとは……。あたしどものほうから、少し遅くなるけど必ず悠基を送り届けますので、と一報《いっぽう》していれば、皆さまをやきもきさせることはなかったのに、本当に済まないことをしてしまいやした」

「謙吉さん、どうか頭をお上げ下さいな。よいのですよ。こうして悠基が無事に戻って来てくれたのですもの……。悠基ちゃん、どうでした？　茜ちゃん、どうしていました？」

おりきが屈み込み、悠基の顔を覗き込む。

「うん、愉しかったよ！　あいつね、喋れるようになってたんだよ。おいらのことを、あんちゃ、あんちゃって……。それだけじゃないんだ！　念仏堂のおじちゃんのことを、おとう、おばちゃんのことを、おかあって……。おとうじゃねえ、おとっつァんだと言ってやっても、おとうとしか言えなくて……。けど、あいつ、おいらがわざと逃げてやると、ちょこまかと追いかけてきて、可愛いんだ！」

悠基が得意げに茜のことを語って聞かせる。

「そう、良かったわね。けれども、悠基ちゃんがすぐにでも戻って来ると思っていた、貞乃さまやキヲさんが心配していらっしゃるのよ……。さっ、早くあすなろ園に顔を出して上げて下さいな！」

「うん、解った！」

悠基が中庭から裏庭へと駆けて行く。

「悠基、随分と愉しかったようですね」

おりきが悠基の後《うし》ろ姿を眺《なが》めながら呟くと、謙吉が、そのようですな、ですが……、と言葉を濁《にご》す。

えっと、おりきが謙吉に顔を向けると、謙吉は困じ果てたような顔をした。

「何かあったのですか？」

「実は……、あたしも念仏堂に悠基を迎えに言って聞かされたのでやすが、あいつ、念仏堂に行ったその日から、毎晩いびったれ（寝小便《ねしようべん》）るようになったそうでしてね。念仏堂では、三歳の茜が一度もそんなことをしたことがないというのに、七歳の悠基が……、と訝しく思ったそうで……。しかも、ひと晩というのならまだしも、毎晩というのでやすからね。それで、一世さんが言うには、悠基が念仏堂に行った晩、茜ちゃんに逢えてあんまし嬉しそうにする悠基を見て、やはり兄妹《きようだい》を別々にしたのは酷《こく》だったのだろうか、いっそのこと、この際、悠基も引き取ったほうがよいのだろうかと思い、悠基に訊ねたそうでして……。どうだえ、このまま悠基もうちの子にならないかえ？　そうしたら、もう妹と離れ離れにならなくて済むんだよと……」

「それで、悠基はなんて答えたのですか？」

おりきが身を乗り出す。

「それが……。あいつ、おいらが念仏堂に奉公するの？　小僧になるの？　と訊ねたそうで……。それで、いや、そうではない、ついこの間までは、悠基が奉公に出られる歳《とし》になったらうちの小僧にと思っていたが、悠基は聞き分けのよい子のようだから、あたしたちの息子にならないか、そうすれば、茜とは兄妹《きょうだい》のままでいられるんだよ、と言い直したそうなんですよ……。すると、悠基は暫く考え込んで、おいら、今のままでも茜とは兄妹《きょうだい》だし、それに、聞き分けなんてよくないもん……、おいら、小僧でいい！　と答えたそうで……」

えっと、おりきは耳を疑った。

悠基は念仏堂の息子になりたくないのであろうか……。

「それからなんですよ。悠基がいびったれるようになったのは……。一世さんは最初《はじめ》の晩は寝床が替わり、悠基が緊張しているからだろうと思ったそうですが、次の日も次の日も……。次第に、一世さんには悠基が自分たちに嫌われようと、わざとやっているとしか思えなくなったそうで……。それを聞いて、あたしは、まさか……、と思わず耳を疑ってしまいましたよ。だってそうではありませんか……。七歳の子が嫌われようとして、わざと毎晩いびったれるなんて……」

謙吉が首を傾げる。

おりきにも悠基の気持が今ひとつ解せず、考え込んだ。

茜が念仏堂に引き取られることに決まったとき、どうして、おいらも一緒に行っちゃいけないの？　と言った悠基……。

恐らく、それが、悠基の本心だったのであろう。

が、大人はそれを理解してやれなかったのである。

念仏堂夫婦は一度に二人を引き取れば、悠基が傍にいるため、いつまで経っても茜が自分たちに懐いてくれないのではなかろうかと懸念《けねん》し、謙吉もこれが最良の方法とばかりにこう言ったのである。

「だったら、こうしちゃどうでやす？　まず、茜が養女として念仏堂に引き取られていき、悠基は奉公に上がれる歳になったら小僧として念仏堂に入《へえ》る……。その頃には、茜も念仏堂の一人娘という立場が板についているだろうし、大店の一人娘と小僧で立場は違っても、悠基は茜の傍にいられる……。なっ、悠基、おめえも年頃になればどこかに奉公に出なくちゃなんねえだろう？　おおっぴらには兄妹《きょうだい》として振る舞えねえが、おめえ、それでも茜の傍にいてェか？　それとも、おめえも念仏堂の息子として扱ってもらわなくちゃ嫌か？」

すると、悠基は間髪《かんはつ》を容《い》れずに首を振った。

「息子でなくていい……。おいら、小僧になる」

「茜に逢っても、あんちゃんだと名乗れねえんだぜ。それでもいいのかよ」

「名乗れなくてもいい！　おいら、茜の傍にいて見守ってやれるだけでいい……」

あのとき、悠基はそう言ったのである。

それなのに、現在《いま》になって一世の口から、おまえもうちの子になるか、と訊かれるとは……。

恐らく、悠基には俄《にわか》に信じられなかったのであろう。

大人とは、かくも場当《ばあ》たりなことを言ってしまうのであろうか……。

悠基は幼心《おさなごころ》にも、おまえもうちの子にならないか、という一世の言葉を、どこまで本心なのか疑ったのではなかろうか。

だから、半年前と同じように、おいら、小僧でいい、と答えたのに違いない。

だが、身体は正直である。

可哀相《かわいそう》に……。

揺れに揺れる心が、いびつ、たれ、という形で顕《あらわ》れてしまったのである。

「悠基は嫌われたかったのではないでしょう。ただ、一世さんの言葉がどこまで本心なのか掴《つか》みきれず、その惑いがいびっ、たれという形で顕れたのだと思います」

おりきがそう言うと、謙吉も納得がいったとばかりに頷く。

「大人に翻弄されなきゃならねえ子供の身になってみれば、堪ったもんじゃありやせんからね……」

おりきはふうと息を吐き、中庭へと目をやった。

一廻り前に比べ、中庭の何もかもが一気に冬ざれてきたように思う。

秋は心寂《うらさび》しいが、何故かしら、冬は哀しい……。

冬ざれの中、人としての心のありように思い惑う、幾富士に幾千代……。

悠基もまた、大人の身勝手さに惑わされ続けてきたのである。

おりきは猶《なお》のこと悠基を護ってやらなければと思った。

本書は、時代小説文庫（ハルキ文庫）の書き下ろし作品です。

時代小説文庫
い6-27

指切《ゆびき》り 立場茶屋《たてばぢゃや》おりき

著者 今井絵美子《いまいえみこ》
2014年10月18日第一刷発行

発行者 角川春樹

発行所 株式会社 角川春樹事務所
〒102-0074 東京都千代田区九段南2-1-30 イタリア文化会館

電話 03(3263)5247[編集] 03(3263)5881[営業]

印刷・製本 中央精版印刷株式会社

フォーマット・デザイン&シンボルマーク 芦澤泰偉

ISBN978-4-7584-3850-6 C0193 ©2014 Emiko Imai Printed in Japan
http://www.kadokawaharuki.co.jp/[営業]
fanmail@kadokawaharuki.co.jp[編集] ご意見・ご感想をお寄せください。

時代小説文庫

今井絵美子

母子燕《おやこつばめ》

出入師夢之丞覚書

書き下ろし

半井夢之丞は、深川の裏店で、ひたすらお家再興を願う母親とふたり暮らしをしている。亡き父が賄を受けた咎で藩を追われたのだ。鴨下道場で師範代を務める夢之丞には〝出入師〟という裏稼業があった。喧嘩や争い事を仲裁し、報酬を得ているのだ。そんなある日、呉服商の内儀から、昔の恋文をとり戻して欲しいという依頼を受けるが……。男と女のすれ違う切ない恋情を描く「昔の男」他全五篇を収録した連作時代小説の傑作。シリーズ、第一弾。

今井絵美子

星の契

出入師夢之丞覚書

書き下ろし

七夕の日、裏店の住人総出で井戸浚いをしているところに、伊勢崎町の熊伍親分がやって来た。夢之丞に、知恵を拝借したいという。二年前に行方不明になった商家の娘・真琴が、溺死体で見つかったのだが、咽喉の皮一枚残して、首が斬られていたのだ。一方、今度は水茶屋の茶汲女が消えた。二つの事件は、つながっているのか？（「星の契」）。親子、男女の愛情と市井に生きる人々の人情を、細やかに粋に描き切る連作シリーズ、第二弾。

時代小説文庫

今井絵美子
鷺の墓
書き下ろし

藩主の腹違いの弟・松之助警護の任についた保坂市之進は、周囲の見せる困惑と好奇の色に苛立っていた。保坂家にまつわる因縁めいた何かを感じた市之進だったが……(「鷺の墓」)。瀬戸内の一藩を舞台に繰り広げられる人間模様を描き上げる連作時代小説。「一編ずつ丹精を凝らした花のような作品は、香り高いリリシズムに溢れ、登場人物の日常の言動が、哲学的なリアリティとなって心の重要な要素のように読者の胸に嵌め込まれてくる」と森村誠一氏絶賛の書き下ろし時代小説、ここに誕生!

今井絵美子
雀のお宿
書き下ろし

山の侘び寺で穏やかな生活を送っている白雀尼にはかつて、真島隼人という慕い人がいた。が、隼人の二年余りの江戸遊学が二人の運命を狂わせる……。心に秘やかな思いを抱えて生きる女性の意地と優しさ、人生の深淵を描く表題作ほか、武家社会に生きる人間のやるせなさ、愛しさが静かに強く胸を打つ全五篇。前作『鷺の墓』で「時代小説の超新星の登場」であると森村誠一氏に絶賛された著者による傑作時代小説シリーズ、第二弾。

(解説・結城信孝)

時代小説文庫

今井絵美子
美作の風

津山藩士の生瀬圭吾は、家格をおとしてまでも一緒になった妻・美音と母親の三人で、つつましくも平穏な暮らしを送っていた。しかしそんなある日、城代家老から、年貢収納の貫徹を補佐するように言われる。不作に加えて年貢加増で百姓の不満が高まる懸念があったのだ。山中一揆の渦に巻き込まれた圭吾は、さまざまな苦難に立ち向かいながら、人間の誇りと愛する者を守るために闘うが……。市井に生きる人々の祈りと夢を描き切る、感涙の傑作時代小説。

（解説・細谷正充）

今井絵美子
蘇鉄の女《ひと》

化政文化華やかりし頃、瀬戸内の湊町・尾道で、花鳥風月を生涯描き続けた平田玉《ぎょく》蘊《うん》。楚々とした美人で、一見儚げに見えながら、実は芯の強い蘇鉄のような女性。頼山陽と運命的に出会い、お互いに惹かれ合うが、添い遂げることは出来なかった……。激しい情熱を内に秘め、決して挫けることなく毅然と、自らの道を追い求めた玉蘊を、丹念にかつ鮮烈に描いた、気鋭の時代小説作家によるデビュー作、待望の文庫化。

指切り

立場茶屋おりき

今井絵美子

時代小説文庫

角川春樹事務所